너의 아름다움이 온통 글이 될까봐

일러두기

* 문학동네시인선의 101번째부터 150번째까지 앞으로 선보이게 될 시인들 가운데 이번 책에 제 이름을 올리지 않은 이들 또한 있음을 앞서 말해둔다. 이는 전적으로 시인들의 의사를 따라 그리한 것이다.
* 시집의 제목은 본 기획에 참여한 오병량 시인의 시 「편지의 공원」 가운데에서 따왔다.
* 시인들의 사진은 일괄적으로 저작권자를 생략하였음을 밝혀둔다.

문학동네시인선 100 기념 티저 시집

너의 아름다움이 온통 글이 될까봐

펴내며

시인은 어떻게 발생하는가? 이럴 때 인용하기 좋은 것은 역시 "그래 그 무렵이었다…… 시가 날 찾아왔다"로 시작되는 파블로 네루다의 작품 「시」이겠고, 우리는 이 시를 좋아하지만, 이 시를 둘러싸고 있는 어떤 다정한 신비주의까지 그대로 받아들일 필요는 없을 것이다. 우리는 시인에 대한 여하한 신비주의도 품고 있지 않다. 아니, 품지 않으려고 노력한다. 우리가 아는 훌륭한 시인들은 타고난 사람들이라기보다는 그저 노력하는 사람들이기 때문이다. 필사적인 노력에 신비로운 것이라고는 없다. 노력이란, 시도하고 실패하고 다시 시도하고 다시 실패하는, 처절한 세속의 일이다. 조금도 신비롭지 않은 그 노동이 멈추면 시인도 함께 소멸된다.

매번 다시 발생하기를 그치지 않는 우리의 시인들은 세상의 모든 폭력에 반대한다. 폭력과 싸우는 일에는 수단과 방법을 가릴 필요가 없는 것이 아니라, 오히려 수단과 방법을 세심히 가려야 한다고 믿는다. 그들은 시인이라서 무엇보다도 언어를 통해 그러기를 원한다. 극소량의 폭력성도 함유하고 있지 않은 언어의 상태에 도달하여, 그로써 세계의 폭력성을 드러내려고 한다. 자주 오해되지만 그런 비폭력적인 언어의 상태가 순한 단어와 예쁜 표현들로 달성되지는 않는다. 그것은 어떤 '시선'에서 생겨나는 것이고, 그런 시선을 가능케 하는 어떤 '자리'에 설 때 생겨난다. 그럴 때 시인은 발생하는 것이다. 그런 시를 읽으면 또 우리에게는 어떤 일이 발생하는가?

시 평론가 데이비드 오어(David Orr)가 보고하기를, 어떤 임의의 X에 대해 '나는 X를 좋아한다'와 '나는 X를 사랑한다'의 구글 검색 결과를 비교해보면, 대체로 '좋아한다(like)'가 '사랑한다(love)'보다 세 배 더 많다고 한다. 예컨대 '나는 음악을 좋아한다'가 '나는 음악을 사랑한다'에 비해 훨씬 많다는 것. X의 자리에 '영화' '미국' '맥주' 등등을 넣어도 역시 마찬가지. 그러나 이상하게도 '시(poetry)'만은 결과가 반대여서 시를 사랑한다고 말하는 사람이 두 배 더 많다고 한다. 왜일까? 나로 하여금 좀더 나은 인간이 되고 싶다는 생각을 하게 만드는 사람은 내가 '사랑하는' 사람들이다. 그리고 훌륭한 시를 읽을 때, 우리는 바로 그런 기분이 된다.

—신형철(문학평론가, 본 시인선 기획위원)

시처럼 아름다운 산문을 썼던 장 그르니에의 문장은 어떨까. 어떤 책에서 그는 "시인이 된다는 것은 곧 낮은 곳에서 숨쉬는 것이다. 왜냐하면 우리의 영원을 의식하듯 우리의 덧없음을 또한 의식하기 때문이다. (……) 세상을 포기할 것이 아니라, 세상을…… 바꾸어야 한다"고 말한 적이 있다. 생략 기호를 두고 앞과 뒤의 문장 사이에는 깊은 낙차가 있다.

인간의 덧없음을 이미 알고 있는 자만이 시인이 되는 것이며 그 자리는 분명 낮은 곳임에 틀림없지만 거기에 그친다면 불행하게도 우리는 그저 비극에 경도된 낱개의 개인으로만 남아 있을 것이다. 이상하게도 우리는 자신의 불행과 고통에 형식을 부여하고 제목을 붙이고 또한 표지를 만들어 세상에 내놓는다. 그러니까 우리는 세상의 낮은 자리에도 목소리가 있다는 것을 알리고 기성의 세계에 그 목소리를 등기함으로써 바닥과 끝엔 당신만 있는 것이 아니라 시가 함께 있으며, 그리하여 세상은, 그리고 그 안에 속한 당신은 포기되어서는 안 되는 것이라고 말하게 되는 것이다.

이 일이 오로지 시에 의해서만 가능한 것은 아니지만 시가 아니고서는 그 방법을 잘 알지 못하는 사람들을 불러모으고 방을 나누고 집을 만들어주다보니 어느새 문학동네시인선이 100권째에 이르게 되었다. 문학동네시인선은 세상을 바꾸었는가? 그렇게 하지는 못하였지만 시를 사랑하는 독자들을 꽤 많이 불러모았다고 말할 수는 있지 않을까? 문학동네시인선이 세상을 바꾸었는가? 그렇게 하지는 못하였지만 이 아름다운 색색의 표지들을 몽땅 수집할 때까지는 막막한 일상을 좀더 견뎌봐야겠다고 다짐하는 독자들을 만들어내지는 않았을까? 문학동네시인선이 세상을 바꾸었는가? 당연히 그렇게 하지는 못하였지만 아, 활자도 세련됐고 그립감도 너무 좋아서 클러치처럼 들고 다니고 싶다, 혹은 이번엔 시집을 닮은 캘린더를 준다는데 이걸 내가 가져야 할까 친구에게 선물할까, 하는 '기쁜 애씀' 속의 독자들을 만들어내지는 않았을까?

　나는 지금 문학동네시인선의 생생한 물성(物性)에 관해 말하고 있는 것이다. 시집의 일이 이것이 전부여서는 안 되겠지만 상당 부분 중요하다고 말해서는 왜 안 되는 것일까? 문학의 엄숙성을 극복하고 대중 독자와 폭넓게 만나는 일에도 문학동네시인선은 제 몫을 다하였다고 감히 말할 수 있겠다. 세상을 바꾸지는 못하였지만 시집을 읽는 소소한 기쁨들을 이렇게나 많이 창조해냈다는 것만으로도 결코 세상을 포기하여본 적이 없다는 부끄러운 자화자찬을, 100호까지 왔으니 한 번쯤은 웃으며 끄덕여달라고 말 건네고 있는 것이다.

　　　　　　　　　　　　—박상수(시인, 본 시인선 기획위원)

차례

문학동네시인선 100 **기념 티저** 시집 **고은강**

고은강 | 2006년 『창작과비평』을 통해 등단했다.

고양이의 노래 5

*
삶은 최전방이다
나는 싸우고 싶지 않았다
삶이 너무 촘촘해서 삶에 질식할 것 같은
그 모든 격렬한 문장 속에서
목덜미를 풀어헤치고
나는 다만 노래 부르고 싶었을 뿐,
포효하고 싶었을 뿐,
아무리 소리쳐도 소리가 안 나
뻐끔뻐끔 담배나 피워대는
이 몸은 발암물질이다
불순분자다
근본 없는 혀다
버릇없는 어린아이다
나는 맹신하지 않았지
세상에 당연한 건 없으니까
이글거리는 나무 아래서
살갗이 타들어가는 슬픔 때문에
나는 무채색이다
뒤척이는 수면(睡眠)이다

아직은 고양이, 정복되지 않은 존재시다

*

우리는 피가 엉겨붙지 않는
거대한 혈족 같지
손가락이 부러지지 않을 정도로만
꽉 끌어안고,
사랑은 말자
사랑해도 결혼은 말자
결혼해도 아이는 낳지 말자
가장 합리적인 방식으로
아이는 무럭무럭 시들어갈 테니
시들시들 메말라갈 테니
이렇게 이상하고 슬픈 나라에서
어쩌다 사랑에 빠졌다고 결혼하지 말자
나이 때문에 결혼하지 말자
효도한다고 결혼하지 말자
다수의 일이라고 결혼하지 말자
외롭다고 결혼하지 말자
가난하다고 결혼하지 말자

아이를 원한다고 결혼하지 말자
그림처럼 어여쁜 우리들의 집
아이는 두렵고 지쳐 차라리 맹신할 테니
맹신으로 더럽혀질 테니
사랑이 사랑으로 살지 못하는
이렇게 나약한 나라에선
사랑을 말자
삶으로 성공하지도 말자
냄새나는 줄도 모르고
서로의 악취를 빨갛게 비벼댈 테니
푹푹 썩어갈 테니
번식할 테니,
동의를 말자
실패하자

말하자면 이건 우리들의 이야기

우리는 지금 고양이 씨다. 원숭이도 아니고 고양이도 아닌 고양이 씨, 쥐떼처럼 불어난 고양이 씨다. 우리는 마냥 취해 있다. 잠에 취했고 어리석음에 취했고 삶에 취했고 성공에 취했다. 역사는 오염됐고 부모는 쓸모없고 예는 사라졌는데 이 모든 게 당연하다. 우리는 중심을 잃고 옳고 그름을 잃고 누가 진짜인지 무엇이 참인지도 모른 채 참 열심히도 성공해버렸다. 그 성공을 배우고 익혀 또 성공하고 또 성공해버렸다. 이 모든 게 당연하다. 젊음은 젊지 않고 사랑은 사랑스럽지 않고 삶은 너무 과열되어 이파리들이 다 죽어나가는데 이 모든 게 당연하다. 너무 차갑거나 너무 뜨겁거나 너무 게으르거나 너무 빠른, 이렇게 안락하고 캄캄한 세계에서 우리는 부자연스럽게 서로의 손등을 핥아주며 이미 충분히 썩었고 이미 충분히 훼손되었다.

그러니까 이건 너무 무섭고 슬픈 이야기.

문학동네시인선 100 **기념 티저** 시 집 **구현우**

구현우 │ 2014년 『문학동네』를 통해 등단했다.

공중 정원

한낮의 정원에서 아픈 꿈을 꿨다 막연하니까 더 분명한
마음이 있었다 한밤의 초목 완연한 구조물 앞에서도 통증
이 지속되었다

꿈속에는 둘만 있었고
모르는 너를 아는 이름으로 불러주고 싶었지만 혀끝이 굳
어버렸고 흙냄새가 지독하게

너무나 독하게 감돌았다

실재하는 정경이 꿈의 정원을 닮아간다는 게 아름답지만
은 않았고 한낱 코끝에 맺혀 있는 네가

어떻게 미워질 수 있는지 신비로웠다

마지막을 짐작하지 못해서 꿈은 다만 끝을 향해가고만 있
었다

물린 데가 없는데도
말할 수 없는 어느 부위가

참을 수 없이 가려웠다

아무도 나를 기다리지 않고 아무것도 끝난 건 없어서

아픈 곳이 늘어난 후에야 비로소 천국을 그리워했다

예술이 있는 정원을 벗어나고도 나의 서사는 정원의 일부
였고 하나의 그늘은 나만의 것이 아니었으니까

그만두는 일은 죽는 일이었다

불행한 냄새를 그렇게 계속 맡고 있었다

도중에 네가 나를
부르는 소리가 들렸다

막막한 사실이었다

이제 그만 눈을 뜨라는 건 살면서 들어본 가장 잔인하고
슬픈 말이었다

하나의 몸이 둘의 마음을 앓는다

나는 사랑을 유예한다. 잠든 사람이 반드시 꿈을 꿀 거라고 생각하지는 않지만 꿈을 꾸는 사람은 대부분 잠들어 있을 거라고 믿는다. 살아 있지도 않는 내가 잘사냐고 너에게 묻고, 그러니 대답이 돌아오기를 바라는 건 아니다. 덜 아프다는 것이 나아졌다는 것으로 착각되는 일. 번화한 도시의 우울한 홀로. 이 세계는 온종일 밝다. 그 안에서 웃는 사람은 우는 사람과 거의 동일하다. 나의 병명을 아무도 모른다.

문학동네시인선 100 **기념 티저** 시집 **권민경**

권민경 | 2011년 동아일보 신춘문예를 통해 등단했다.

동병쌍년

반하는 계기는 랜덤이지만 정신 차렸을 땐 이미 한참 한심해졌고

내가 그리는 숲엔 많은 나무. 자살로 유명한 숲은 일본에 있다.
내 숲은 자꾸 잃어버리고 발견하는 곳.
거기서 찾은 건 오래된 유물이야.
청동 어쩌고 거울, 황동 어쩌고 반지 같은 거야. 어느 시절엔 아름답고 소중했을
빈티지.
멋쟁이의 잇템.

저 새 봐. 내가 분실한 과거로 치장했다.
이왕 잃어버린 것, 누가 잘 썼으면. 쿵쿵 냄새 맡고 요건 좀 쓸 만하겠다, 여기길. 오소리, 오소리가 물어가길.

뭐야 그거 이상해
라는 말 들을 게 뻔하다.

병원은 오리역에 있다. 나를 빤히 들여다보는 의사가 좋

다. 나는 진단한다. 중년을 넘어도 환자에 대한 호기심을 잃지 않음. 진지한 동시에 낄낄거림. 직업에 재미를 느낌—그 어려운 일을.

네가 고통스러웠다는 건 네 고백을 통해 안다.
내가 고통스러웠다는 것도 늘 고백하지만
구질해서 그만하려는데 잘 안 돼.

자도 자도 졸리면 더 자야 한다고 누가 그랬다. 잠 뿌리를 빼야 한다고.
나는 피지처럼 생긴 잠을 상상한다. 갈고리처럼 구부러진 뿌리. 마음에 둔 일도 그렇게 구부러진 모양.

오리역 근처엔 수많은 오동나무. 옛날 일이지만.

잠과 마음이 그늘에서 자란다.
빠지지 않은 뿌리 있다.
태양 같은 사람이 좋다지만 나도 모르게
고통스러운 사랑을 하는 원인.
독버섯.

네가 목맸던 나무는 어느 숲에 있나.

혹시…… 엉뚱한 생각 하는 거 아니지?

못된 너 때문에 깨어 있다. 그러니
나 말고 너,
너는 쌍년에 반하지 마. 같은 병에 동하지 마.
동정심 없는 세상에서 자기 자신을 사귀어본다.
손차양
그늘 속.

나와 너에 대한 예언

이성적으로 멈췄는데 감정이 멈춰지지 않으면 사랑은 더 독해진다.

나는 널 좋아해. 망했다. 그런데 우린 닮아 있잖아? 아마 안 될 거야. 동질감에 배신당하면 데미지가 더 크다. 그러니까 넌 햇살 같은 사람이나 만나려무나. 치유계 여신으로다가. 그런데 네 미래도 참 암담하다. 불안함과 강박은 숲에 버리렴. 그전에 네 숲 하나 만드는 것 잊지 말고. 언젠가, 그 숲에 동물이 뛰어다니면, 구경 가겠다. (예언 S-1 가운데)

문학동네시인선 100 **기념 티저** 시 집 **김경인**

김경인 │ 2001년『문예중앙』을 통해 등단했다. 시집으로『한밤의 퀼트』『얘들아, 모든 이름을 사랑해』가 있다.

오늘의 맛

하얀 접시에 무화과가 가지런히 담겨 있다
저건 포로의 잘린 머리 같아, 누군가 그런 말을 했던 것도
같은데, 너는 갸웃거리며 말하겠지
농담과 진담 사이 썰렁하니 낀 말들이 먼지로 떠다니는
오후
구름은 이국어가 가득한 페이지처럼 느릿느릿 흘러간다
잇새에 스미는 과일의 향기로운 피와 살을 씹으면
어느 행성인가 너의 살 차오르는 소리 들리고
무화과는 낯익은 표정으로 살아나 입안에서 생기를 뿜는다
여행은 정말 좋았어, 너는 또 말하겠지
그럼, 그럼, 돗자리를 펼치듯 환상이 펼쳐지고 그림 속 풍
차가 돌아가듯이
그렇게 인생은 흘러가겠지
나무 곁에 누운 그림자가 긴 혀를 내밀어 나무를 핥는다
무화과가 여기서도 자라나? 너는 커다란 눈으로 물어보
겠지
누군가의 커다란 눈물방울과도 같은 그것을
포크로 쿡 찔러 삼키면서
나는, 죽지 않고 열리는구나
젖은 것들은 도대체 언제 죽나 생각한다

한줌의 후추처럼
소금처럼
영혼을 얼굴 안에다 부어 넣을 수 있다면
휘휘 저어 완성되는 수프처럼 얼굴이
다정한 냄새를 풍길 수 있다면 좋을 텐데
열매는 잎의 겨드랑이를 열고 자란다
무화과나무 그늘엔 좋은 사람들이 많대,
어제의 겨드랑이에서 너의 말이 툭 떨어진다
마른 열매 속 우글우글한 벌레들을 씹으면서
신비가 모두 사라진 껍질을 질겅질겅 씹으면서
우리는 알게 되겠지, 떠난 여행에서 비로소 자신이 사라
졌음을
일곱 색깔 부스러기 사탕가루를 물에 녹여 아껴 마시듯
모르는 맛이 될 때까지 오늘을 핥아야지
네 머리카락을 쓰다듬듯
오늘 햇빛은 허공에 얼룩을 남기겠지
야, 바람이 분다아
너는 웃으며 말하겠지
야, 바람이 분다아아
나는 중얼거리겠지

심심(心心), 심심(深深)

올여름은 생각 속에 내내 잠겨 있었다. 그동안 쓴 시들을 꺼내 읽어보려 했는데 용기가 생기지 않았다. 내가 알게 된 것은 시간이 지난다고 용기가 생기는 것은 아니라는 사실.

올가을의 가장 잘한 일은 생무화과를 처음 보고 처음으로 먹은 일. 상상보다 좋은 일이란 없고, 나쁜 일들은 넘치며, 상상을 넘어서는 맛은 없다는 사실.

그래도 어제 들은 가장 좋은 말은 비극은 운명을 넘어서려는 사람의 기록이라는 말씀. 운명에게는 눈이 없다는 말씀.

문학동네시인선 100 **기념 티저** 시집 **김락**

김락 | 2013년 『현대시학』을 통해 등단했다.

복자는 십이 개월째 태동이 없었습니다

양손에서 제멋대로 자란 녹음이 우거지고
어깨가 흐려져가도록
복자는 십이 개월째 태동이 없었습니다

배를 이해하는 대신
등으로 내려와 구겨지는 햇살
그 빛을 본 적도 없었습니다

젖은 옷 위로 두른 아침이 무거워
복자는 주머니를 뒤져 입을 꺼내지만

세계에는 언어가 없었습니다
누군가 문을 열고 들어오는 순간 달라지는 분위기가

없었습니다 이불을 당겨서 만드는 감정과
웃으려고 몸을 감싸는 두 팔
그리고 불가능 주변을 서성이는 발걸음도

없었습니다 이윽고 풍경이
얇은 밀가루 반죽처럼 머리 위를 덮고

영원처럼 늘어졌습니다 하늘이 없었습니다

복자가 어스름으로 엮어낸
확신에 찬 태도가 드디어
누군가를 찔렀습니다
그후로 내가 세상에 없었습니다

어느덧 복자의 배가 조용한 태동을 시작했다고 합니다

긴 낮잠

빛나는 갈색으로 그을린 그녀의 굳은 얼굴은 화를 낼 때
도 기뻐할 때도 단 한 가지 표정이었다. 웃는 입과 공허한
눈. 그것은 표정이 없는 것과 매한가지여서, 어렸을 때는 그
녀의 얼굴이 참 신기했다. 그후 내가 스무 살이 넘은 어느
여름날, 그녀가 혼자 살다가 죽은 시골의 빈집에 가서 낮잠
을 청한 적이 있다. 나의 큰어머니이자 아들을 낳지 못한 맏
며느리였던 그녀는 그 집에서 오랜 시간을 혼자 사셨다. 기
지개를 켜면 여름 바람이 불 것 같은 고요함, 어릴 때처럼
컴컴하고 기묘한 대청마루 아래의 어둠이 뒤섞여 나는 그
녀처럼 얼굴에서 표정이 점차 사라졌다. 혼자서 모든 별들
의 이름을 다 부를 때까지 아무 일도 일어나지 않을 것 같
은 긴 시간을 꾸었다. 저녁이 어두워지기 시작하면 보이는
슬픈 세계와 그녀의 따뜻한 품, 그 행간에서 나는 여전히 걸
어가고 있다.

문학동네시인선 100 **기념 티저** 시집 **김박은경**

김박은경 | 2002년『시와 반시』를 통해 등단했다. 시집으로『온통 빨강이라니』『중독』이 있다.

오늘의 영원

겨울이 있어요 거울이 있어요 겨울의 거울이 좋아요 좋은
게 좋아요 좋아하는 게 좋아요 좋아지는 게 좋아요 조금씩
자꾸자꾸 더해지는 게 좋아요 아주 추워 아무도 지나지 않
는 거리가 좋아요 아무도, 그거 좋아요 막막한 거리(距離)
가 좋아요 창가의 차가운 손가락들 기를 쓰고 달라붙는 입
술과 뾰족해지는 물방울들이 좋아요 내일은 더 춥고 모레는
더더욱 춥고 날마다 더해지는 거 좋아요 얼음 속의 빛, 결
빙된 순간들 순정한 입자들 무한한 인칭들 안녕을 묻고 답
하기도 전에 얼어붙는 당신의 눈빛은 물기 어린 어린 생의
것, 수면 깊이 요동치는 밭은 숨은 두려워지는데 겨울 속의
거울 속에 또 눈이 내려요 눈송이 속의 눈동자들은 세상을
다 보았을까요 피는 맑아졌을까요 점점 느리게 흘렀을까요
눈에 눈이 멀 듯 마음에 마음이 멀어요 멀게 되면 멀어집니
다 먼 하늘의 새들이 떨어집니다 눈송이 같아요 꽃잎 같아
요 찻잎 같아요 빵 부스러기 같아요, 같은 게 좋아요 번지니
까 끌어당기니까 그래도 불가능해 미련한 영원이 되니까 좋
아요, 거짓말! 새가 맞습니까 가진 적 없는 것에 슬퍼질 수
있나요 가진 적 없는 것을 잃을 수도 있나요 기억나지 않는
기억도 있나요 우리는 서로를 모르고 있나요 예, 혹은 아니
요 하지만 겨울을 알면 겨울을 보게 됩니다 거울을 알면 거

울을 보게 됩니다 그렇게 바라본다 해도 변해갑니다 바라보
는데도 사라지게 됩니다 그러니 지금은 곁에 있어요 영원히
영원은 아니니까요, 좋아요

아니, 아무도 아니

다시 겨울, 또 거울. 거울 속의 나는 거울 밖에 있고 어제로부터 병이며 기질을 상속받을 운명이라면, 오늘은 당신이 내일은 내가 혹은 순서를 바꾸어 사라질 운명이라면, 그게 다라면. 영원히 너를 사랑해, 고백할 때 이미 세 번의 거짓말. 그래도 사랑해, 사랑한다고 말하면 우리는 이제 무엇이 될까요. 언젠가 당신에게 당신을 돌려보낼 때 아니, 아무도 아니, 불안정의 대기, 어지러운 숨. 오래전 꿈에서 당신을 향해 걸어 여기까지 왔어요. 고단한 허기는 알리오 올리오. 파스타 면은 끓는 물에 7분, 최선을 다해 나른하고 촉촉해진 이것을 드시며 말해주세요. 응, 그래, 그랬구나, 고개를 끄덕여주세요. 가능한 것이라고는 의문문과 과거시제뿐이라 해도 기꺼이 삼키는 것이 우리들의 오늘의 영원이라 해도.

문학동네시인선 100 기념 티저 시집 김언

김언 | 1998년 『시와사상』을 통해 등단했다. 시집으로 『숨쉬는 무덤』 『거인』 『소설을 쓰자』 『모두가 움직인다』가 있다. 동료들이 뽑은 올해의 젊은시인상, 박인환문학상, 미당문학상 등을 수상했다.

괴로운 자

우리는 사랑 때문에 괴롭다. 사랑이 없는 사람도 사랑 때문에 괴롭다. 그래서 사랑 자리에 다른 말을 집어넣어도 괴롭다. 우리는 사람 때문에 괴롭다. 우리는 사탕 때문에도 괴롭다. 한낱 사탕 때문에도 괴로울 때가 있다. 우리는 무엇이든 괴롭다. 사탕 자리에 무엇이 들어가도 우리는 괴롭다. 사람도 사랑도 모조리 괴롭다고 말할 때 우리는 말 때문에 다시 괴롭다. 우리는 말하면서 괴롭다. 말한 뒤에도 괴롭고 말하지 못해서도 괴롭다. 말하기 전부터 괴롭다. 말하려고 괴롭고 괴로우려고 다시 말한다. 우리는 말 때문에 괴롭다. 괴롭기 때문에 말한다. 괴롭기 때문에 우리가 말하고 우리에게 말한다. 누구에게 더 말할까? 괴로운 자여, 그대는 그대 때문에 괴롭다. 그대 말고 괴로운 사람이 있어도 괴롭다. 그대 말고 괴로운 사람 하나 없더라도 그대는 괴롭다. 괴롭다 못해 외로운 자여, 그대는 내가 아니다. 나는 나 때문에 외롭다. 나는 나 때문에 괴롭고 괴롭다 못해 다시 말한다. 나는 나 때문에 말한다. 나는 나 때문에 말하는 나를 말한다. 나는 나 때문에 내가 아니다. 나는 나 때문에 늘 떠나왔다. 나는 나 때문에 그곳이 괴롭다. 내가 있었던 장소. 네가 머물렀던 장소. 사람이든 사랑이든 할 것 없이 사탕처럼 녹아내리던 장소. 그 장소가 괴롭다. 그 장소가 떠나지를 않는다. 그 장소를 버리고 그 장소에서 운다. 청소하듯이 운다. 말끔하게 울고 말끔하게 잊어버리고 다시 운다. 그 장소에서 그 장소로 옮겨왔던 수많은 말을 나 때문에 버리고 나 때문에 주워 담고 나 때문에 어디 있는지 모르는 그 장소를 나 때문에 다시 옮겨간다. 거기가 어딜까? 나는 모른다. 너도 모르고 누구도 모르는 그 장소를 괴롭다고만 말한다. 괴롭지 않으면 장소가 아니니까. 장소라서 괴롭고 장소가 아니라서 더 괴로운 곳에 내가 있다. 누가 더 있을까? 괴로운 자가 있다.

끝으로

그만 괴롭고 싶다. 그만 괴롭고 싶어서 이 말을 남긴다.
그만 말하고 싶다. 그만 말하고 싶어서 이 말을 끝으로.
끝으로.
끝으로.
끝나지 않는 교장 선생님의 훈화 말씀처럼
끝으로.
끝으로.
마지못해 서 있는 말.

문학동네시인선 100 **기념 티저** 시집 **김원경**

김원경 | 2005년 중앙신인문학상을 통해 등단했다.

윤곽들

바닷물과 민물이 만나는 곳
약속들이 머무는 곳에서
부글거리는 해변은 목이 늘어난 티셔츠처럼 출렁거린다
얼지 않는 슬픔을 위해
면사포처럼 막 깔리기 시작한 저 노을
구두는 축축하게 젖어 곧 벗겨질 것이다

해초처럼 다른 장소에서 서로를 기다리다가 지쳐버린 곳

연안처럼 숨을 쉬는
연인이 필요할 때
어떤 바깥은 섬진강에서 남해에 이르기까지
기억의 윤곽에서 불붙는 빛의 윤곽까지
밀려오고 버려지는 것들은 입에 경계를 문다

겨울은 왜 새가 될 수 없는 걸까

더이상 고백할 것도 변명할 것도 남아 있지 않을 때
어느 별은 맨발로 뛰어내리고
전속력으로 뛰어내리고

지워지는 세상의 경계들과
비릿한 시간들은
잃어버린 것을 찾는다
우리의 간격은 늘 물컹했고
어떤 전쟁에도 맞닿는 생이 있다
바람의 손목과도 같이 오지 않을 것을 기다리며
잘못된 예보처럼, 붉은 거품처럼
나도 경계에 불과할 때가 있다

운명은 증명할 수 없다는 듯
이제 막 얼고 있었다는 듯

물이 들어왔다 사라진다
이제 올 시간은 아무것도 없다

뜻밖에 넌

시간이 지나면서 누군가는 떠나가고 누군가는 남겨졌다. 지금까지 제대로 살아왔는지, 어디로 와서 어디로 흘러가는지, 궁리하면 어디선가 물결처럼 술렁이며 다가오는 것들이 있다. 가늘게 떨고 있는 생의 순간들이 방안 가득 들어찬다. 아직 마르지 않는 글썽거림이 세상에서 가장 깊은 표정을 짓고 있다. 글썽거리는 건 빛나고 축축해서 맘에 든다. 무수한 너와 내가 무수한 나와 너로 밀려왔다 사라진다. 경계의 이편과 저편에서 서로의 얼굴을 쓰다듬으며 아득한 시간을 포갠다. 밀고 당기고 자빠지고 일어나면서 있는 그대로의 나를 만나고 나를 인정하는 순간, 비로소 윤곽이 생긴다. 점과 점이 모여 이 세상 모든 선이 되듯, 애초부터 저 혼자가 아니라는 듯, 또는 저 혼자라는 듯, 있는 듯 없는 듯 그러나 있는, 그러니 살아라. 나만 그런 게 아니다.

문학동네시인선 100 **기념 티저** 시집 **김재훈**

김재훈 | 2010년 『문학동네』를 통해 등단했다.

소백과 태백 사이 7

대설주의보가 내린 소백과 태백 사이의

　　　　　　구룡산,
　　　　삼동산,
옥석산,
　　　선달산,
　　　　　　　　시루봉,
　　　어래산,
　　　　　　봉황산,
곰봉,
　　　내리계곡,
　　　　　　우구치계곡,
　　　　　　　　　부석리,
　　　물야리,
　　　　　　애당리,
　임곡리,
　　　　소천리,
　　　의풍리,
　남대리,
　　　　오전리,

　　서벽리를

아무리 돌아다녀도 보이지 않는 너를 찾아서

나는 다시 소백과 태백 사이로 들어가

　　　　　　구룡산,
　　　　삼동산,
옥석산,
　　　선달산,
　　　　　　　　시루봉,
　　　어래산,
　　　　　봉황산,
곰봉,
　　　내리계곡,
　　　　　　우구치계곡,
　　　　　　　　　부석리,
　　물야리,
　　　　　　애당리,
임곡리,

　　　　소천리,
　　　의풍리,
남대리,
　　　　　오전리,
　　서벽리를

헤매었다

일곱 배보다 없던 너는 이제 아홉 배가 넘도록 없다

구름은 멸종한 동물들의 울음소리로 장전돼 있다

너는 눈보라 속으로 걸어들어가고

부재에는 한계가 없다. 나는 그것과 논다. 아니, 그것이
나와 논다.

문학동네시인선 100 **기념 티저** 시집 **김정진**

김정진 │ 2016년 『문학동네』를 통해 등단했다.

버드맨

줄곧 날개였던 뼈는 더이상 날개이기를 그치고 어깨가 된
다 이름이 예뻐서 외웠던 나무는 자라보니 어느새 멸종한
뒤여서
　내 눈꺼풀 속 밤하늘에는 웬일로 별이 하나도 없다 그래
도 방문을 열면 거기엔 이름도 예쁜 네가 있고 창문틀에 앉
아 햇볕 쬐는 고양이가 있고
　눈이 부신 고양이는 오도카니 빛이 지나가길 기다린다

　뛰어내리는 사람이 많을수록 타워는 유명해진다지 하늘
이 수면(水面)처럼 일렁이면 무력감에 침몰한 마음들이 도
리 없이 많이도 떠올랐다
　해바라기 전부 쓰러진 해바라기 동산에는, 숨을 곳이 없
는 해바라기 동산에는 빛을 운구해 가는 새들의 행렬이 그
와 같이 이어지고
　그 탓에 저녁은 석양도 없이 희게 몰려와 옥상 위에 정박
한다

　나무에게 남은 게 이름뿐이라도 계절이 되면 잎이 돋고
떠나갔던 것들 돌아오는 모양이라 조금은 미련을 남겨두어
도 괜찮아서 좋다

좀처럼 집밖으로는 나가지 않는 너의 생활 반경은 단막극
의 배경인 듯한 장소에서 완성이 되려고
어깨였던 뼈는 더이상 어깨이기를 그치고 가지가 된다 태
어나 처음으로 이름을 외운 나무의 이름이 어느 날엔 죽어
도 기억이 나지 않아서
빛 조각을 물고 날아가던 새의 깃털이 네 주변에 희게 쌓
인다

몸이 가렵다

살이 돋는다

꽃이
피려나보다

우리가 사는 음악 속에는

어떤 감정이나 습관은 상황에 관계없이 주기를 갖고 떠났다가 돌아오는 것 같다. 이러한 감정의 주기성은 단순히 한 개인만이 아니라 공동체에도 존재한다. 물론 늘 동일한 모습이 아니라 돌아올 때마다 약간의 변주가 일어난 모습으로. 한 사람의 작은 습관이 그리는 곡선에서 조금씩 멀리 떨어지면 몇 사람의 곡선이 모여 만드는 파동이 보일 것이고 조금 더 멀리 떨어지면 우리 모두가 만드는 선의 모양이 보일 것이다. 그것은 우리가 가진 생의 리토르넬로다. 어떤 선생은 그 음악을 예민하게 들어야 한다고 했고 어떤 선생은 리토르넬로에서 벗어나기 위해 온 생으로 투쟁해야 한다고 했다. 내밀히 들여다보기도 하고 멀리서 관조하기도 하며, 어느 쪽이든 우리가 듣는 음악이 같았으면 한다.

문학동네시인선 100 **기념 티저** 시 집 **김참**

김참 | 1995년 『문학사상』을 통해 등단했다. 시집으로 『시간이 멈추자 나는 날았다』 『미로여행』 『그림자들』 『빵집을 비추는 볼록거울』이 있 다. 현대시동인상, 김달진문학상 젊은시인상을 수상했다.

장례 행렬

　들판엔 침대가 있다 침대에 누워본다 눈을 감아본다 내가
잠들자 누군가 녹색 트럭에 침대를 올려놓는다 트럭엔 피아
노가 있고 피아노 의자엔 두 여자가 앉아 있다 들판을 떠난
트럭이 내가 알지 못하는 곳을 향해 가는 동안 두 여자가 바
이올린과 피아노를 번갈아 연주한다 다리 건너 비포장도로
에 접어들자 트럭이 마구 흔들린다 바이올린 줄 하나 툭 끊
어진다 트럭 밖으로 줄 끊어진 악기를 집어던진 여자가 검
은 케이스에서 첼로를 꺼내 거칠게 긁어댄다 느리고 묵직한
소리가 둥근 파동을 만들며 느릿느릿 흘러나온다 숲을 지
나온 트럭이 들판에 도착하자 두 여자가 연주를 멈춘다 누
군가 트럭에 올라와 피아노와 침대를 트럭 아래에 내려놓
는다 트럭은 두 여자를 싣고 내가 알지 못하는 곳으로 떠난
다 어둠 내리는 들판을 파란 낙타가 가로질러간 뒤 미루나
무 숲에서 얼굴 없는 여자들이 걸어나온다 얼굴 없는 여자
가 피아노 앞에 앉아 검은 건반을 누른다 보이지 않는 현에
서 기이한 소리가 퍼진다 얼굴 없는 여자가 미루나무 꼭대
기에 올라 첼로를 켠다 피아노와 첼로의 불협화음이 커다란
달과 작은 별과 함께 공중을 둥둥 떠다니며 들판 위로 퍼져
나간다 밤의 들판을 부유하는 투명한 음계를 밟으며 누군가
내려온다 미루나무 아래 웅크리고 앉아 음악을 듣는다 높아

졌다가 낮아지는 피아노 소리에 공명하는지 첼로 현이 떨리
며 울음소리를 낸다 음악 소리는 미루나무 아래 파놓은 구
덩이 속으로 흘러들어갔다가 나비처럼 나풀나풀 떠오른다
연주를 마친 여자가 구덩이에 첼로를 집어던진다 파동만 남
은 음악에 맞춰 여자들이 춤추는 동안 누군가 나를 구덩이
에 밀어넣는다 내 꿈은 아직 끝나지 않았는데, 구덩이를 메
우고 봉분을 만든다 숲으로 돌아온 파란 낙타들이 내 무덤
주위를 빙글빙글 돈다 얼굴 없는 여자들이 공중에 걸린 투
명한 계단을 밟으며 미루나무 숲 위에 있는 이상한 나라로
돌아간다 숲에서 흘러나온 안개가 들판을 덮는다 새로 생긴
무덤과 침대와 피아노가 안개에 파묻힌다

미루나무와 여자들

박스째 구한 장식용 음반 더미에서 기이한 커버 하나가
눈에 들어왔다. 커다란 미루나무의 수평으로 뻗은 가지에
앉아 세 여자가 첼로와 하프 그리고 내가 알지 못하는 악기
를 들고 하늘을 올려다보고 있다. 음반 수집 삼십 년, 커버
만 보면 느낌이 온다. 월척이다. 미루나무 가지는 수직으로
자라는데 어떻게 횡으로 뻗어나왔을까. 이런 의문은 의미가
없다. 미루나무 숲 위엔 파란 낙타들이 날아다니고 더 높은
곳에서 비행접시들이 내려오고 있었기 때문이다. 음반 뒷면
엔 작곡가와 연주자와 작품에 대한 설명이 있는 게 상식이
지만, 곡 제목과 작품 번호 외엔 아무것도 없다. 레코드에
바늘을 올리자 신비로운 음악이 쏟아져나온다. 이십사 년
전 처음 담배를 피우고 머리가 핑핑 돌던 어지러운 느낌, 음
악을 듣는 동안 내내 그런 느낌에 사로잡힌다.

문학동네시인선 100 **기념 티저** 시집 **김해준**

김해준 | 2012년『문예중앙』을 통해 등단했다.

버려진 아들

아이는 해를 등지고 조팝나무 낙화로 덮인 언덕을 올랐
다. 발진이 난 오른뺨을 소매로 닦으며 해풍이 부는 마을로
부터 멀어졌다. 소금꽃 핀 바위와 잎을 다 털어낸 나무 사
이를 비집고 길을 벗어나니 짐승 소리도 서걱거리던 발밑의
낙엽 소리도 들리지 않았다. 뒤돌아볼 때마다 산의 능선은
잿빛으로 색이 흩어지고 있었다.

여기는 지도에 없는 길일 거야, 아이는 짓무른 달이 뽑혀
나올 것만 같이 어스름한 빛으로 감싸인 산정을 향해 걸었
다. 지난 오월에 만들어진 집성 묘지를 지나, 이름을 잃은
구교 순교자들의 유적지를 넘어, 묘석조차 땅속으로 함몰된
질은 비탈길을 기어오르며 아이는 곳곳 멍이 들어 아린 상
처를 주물렀다.

그러고는 입가에 난 버짐을 긁으며 길목마다 죽은 짐승들
이 검붉은 핏물을 토해내고 썩은 자리를 가로질러갔다. 아
이는 역병에 걸려 구덩이에 묻힌 이들의 얼굴을 떠올렸다.

바람이 닿지 않는 산마루를 탔으나 언덕 너머는 캄캄했
다. 아이는 자신의 유년기가 끝났음을 깨달았다. 얼굴이 화

끈거려 이마를 짚어보았으나 손가락에 감각이 없었다. 아이
는 이게 자신이 꾸는 마지막 꿈일지도 모른다는 생각을 했
다. 아이는 해도 달도 뜨지 않은 산의 중턱에서 무릎을 감싸
안고 눈을 감았다. 마을에서 올라왔던 짠내가, 지겹고 그리
운 물비린내가 목덜미를 후끈하게 감싸주고 있었다.

흑과 백

스스로 내세운 위악이 슬픔으로 변해가는 과정은 볼품없다. 겨우내 앓았던 병에서 벗어나 회복기를 가진 사람이 쉬이 이전으로 돌아가지 못하는 것처럼, 위악은 슬픔을 깨달은 사람이 이전에 저질렀던 죄이며 결코 돌아갈 수 없는 과거이다. 그런 사람은 불안한 감정을 해소하지 못하고 때때로 쓸모없는 시간 낭비를 계속하기도 한다. 휴경지로 놔뒀던 더럽고 힘없는 땅에 무언가 심고 이삭 밟기를 하듯, 그러나 위악으로 벗어난 이는 사람이나 재물을 다시 찾을 수가 없다. 그저 위악을 내세웠던 순간을 그리워할 뿐이다.

문학동네시인선 100 **기념 티저** 시집 **김형수**

김형수 | 1985년 『민중시 2』를 통해 등단했다. 시집으로 『애국의 계절』 『가끔씩 쉬었다 간다는 것』 『빗방울에 대한 추억』 등이 있다.

궁남지를 떠나가는 연잎 행렬을 거슬러 걸으며

바람 불자 마구 뛰기 시작한다
나뭇가지들, 마른 풀잎들, 말라비틀어진 쭉정이들
우주의 외진 모퉁이를 울리는 발소리
저 많은 중생이 이승을 빠져나가는 통로가 어디인지 나
는 모른다
연잎들도 이번이 처음이 아니련만
길 잃고 부서져 우는 것들도 있다
전쟁터를 빠져나가는 피란민처럼 다급한
여름 제국의 퇴각로를 걸으며 나는
불쑥불쑥 무서워지곤 한다

모든 흥망성쇠란 시골 국밥집 같은 것이다
의자왕도 생의 마지막날에 여길 다녀갔을 것이다

인가가 끊긴 개울 앞을 건너는
나의 옷깃을 길 잃은 바람이 흔들고 간다
귀가 먹먹하다 그 뒤로 또 바람이 오고
그 뒤로 마구 잎들이 쓸려가고
버드나무들도 일제히 머리를 풀어헤쳐 떠나는 자들을 경
배한다

수명이 다 됐으니 어서 엉덩이를 털고 서야
겨울이, 봄이 들어설 자리가 생기지
이딴 생각이나 하다가 정신을 까무룩 놓치곤 한다

신발은 왜 자꾸 벗겨지나 몰라
도취된 자들아 너희들의 문명은 너희들의 것이니
세상에는 반드시 추문도 풍문도 무의미한 날이 온다
현직 장관도, 책을 백만 부씩이나 판 작가도
결국 저 행렬의 일원이 될 것이다

그나마 흙길이라 다행이지
한 세대가 준열히 떠나가는 소리조차
젊음이 달린 귀는 들을 수 없다
욕망에게 내리는 천형(天刑)이 끝나지 않는 가을 궁남지
에서
나는 자꾸 무성한 날을 돌아본다

식물도 길을 잃는다

　부여 궁남지에서는 가을에 국화 축제를 한다. 여름에 연
꽃이 무성했던 자리를 국화 송이들로 메우는 행사이다. 어
린 시절 학예회에 출품된 과제물처럼 대한민국 지도 모양,
십자가 모양 따위를 한 솜씨들이 귀엽게 느껴진다. 그런데
손바닥으로 하늘을 가리는 일처럼 아쉬움이 남는 건 어쩔
수 없다. 궁남지는 생명체들의 거대한 움직임과 마주하는
장소이다. 하늘이 높아선지 땅이 넓어선지 가을 궁남지에서
는 생명의 기운들이 자꾸 길을 잃는다. 꽃이 열매로, 열매가
씨앗으로 가는 길을 모르지는 않을 것이다. 식물의 길이 올
해 처음 열린 것도 아니다. 대장관은 그것들이 수명을 마치
고 우주의 먼지 속으로 사라지는 장엄한 순간이다. 바람 속
에 해체되는 존재의 마지막 모습이야말로 대미가 아닌가 한
다. 그러나 사람들은 그것을 보고 싶어하지 않는다.

문학동네시인선 100 **기념 티저** 시집 **남지은**

남지은 | 2012년 『문학동네』를 통해 등단했다.

테라스

난간에 선 존재는
자기를 망친 결벽을 떠올린다

아는 손으로부터
알지 못하는 손으로부터
사랑하는 자로부터
사랑하지 않는 자로부터

일상의 머리채를 더듬더듬 건져올리기까지
사랑도 되고 폭력도 된다는 머리통을 깨부술 때까지

안도 되고 밖도 되는 곳이 있다
낮도 되고 밤도 되는 때가 있다

괜찮아? 춥지 않겠어? 다정한 물음이 있고
어떤 이야기를 계속하기 좋은 순간이 있다

조명이 어둡거나 테이블이 조금 흔들린대도
있잖아 하고 시작된 이야기가 그건 있잖아 하고 이어진다

옆 사람의 옷이 내 어깨에 걸리고
옆 사람의 말이 내 것처럼 들려서
옆 사람의 손에서 기울어진 찻잔같이 내 몸도 옆, 옆, 옆
으로
기우뚱거리고

쏟아져도 괜찮아
낙관도 포기도 아닌 말이 마음에 닿기도 한다

난간에 기대어 자라던 식물들이 난간을 벗어나

그리운 미래

아무 일도 일어나지 않았는데 '기분좋은 소식이 있다'는
문장이 떠올랐다. 미래의 일이 그립기도 하고 받은 적 없는
행복이 미리 만져지기도 하는 걸까. 어린이 병원에서 일할
때 한 아이와 자주 창밖을 내다보곤 했다. 비가 오지 않는
날도 장화를 신고 다니는 친구였다. 우린 창가에 앉아 기차
가 오가는 걸 바라보거나 비행기가 지날 때를 기다렸다. 기
다리면 기차와 비행기는 어김없이 지나갔고 아이는 기뻐했
다. 당연하게 일어나는 일이라 여겼던 나도 기차가 달리면,
비행기가 날면 어느새 기쁨을 느끼게 됐다. 무엇이 사람을
기쁘게 할까. 지루한 기다림이 아니라 간절한 기다림이라야
할까. 그렇다면 시 쓰는 나의 기쁨은 어디만치 달아났을까.
당도하지 않은 일을 그리며 간절하게 쓰고, 기쁘고 싶다. 달
그락거리는 장화를 신고 복도를 걷던 그 친구처럼.

문학동네시인선 100 **기념 티저** 시집 **문태준**

문태준 | 1994년 『문예중앙』을 통해 등단했다. 시집으로 『수런거리는 뒤란』 『맨발』 『가재미』 『그늘의 발달』 『먼 곳』 『우리들의 마지막 얼굴』 등이 있다. 유심작품상, 노작문학상, 미당문학상, 소월시문학상, 서정시학작품상, 애지문학상 등을 수상했다.

입석(立石)

그이의 뜰에는 돌이 하나 세워져 있었다
나는 그 돌을 한참 마주하곤 했다
돌에는 아무것도 새긴 게 없었다
돌은 투박하고 늙었다
그러나 웬일인지 나는 그 돌에 매번 설레었다
아침햇살이 새소리와 함께 들어설 때나
바람이 꽃가루와 함께 불어올 때에
돌 위에 표정이 가만하게 생겨나고
신비로운 목소리가 나지막하게 들려왔다
그리하여 푸른 모과가 열린 오늘 저녁에는
그이의 뜰에 두고 가는 무슨 마음이라도 있는 듯이
돌 쪽으로 자꾸만 돌아보고 돌아보는 것이었다

상응하다

아무 인연이나 연고가 없는 것은 없다. 무엇과도 관계를 맺고 있다. 그래서 무엇에서도 마음은 일어난다. 아침햇살, 새소리, 바람, 꽃가루가 돌에게 가서 돌을 깨우듯이. 그래서 돌이 얼굴과 음성으로 화답하듯이.

문학동네시인선 100 **기념 티저 시** 집 **박세미**

박세미 | 2014년 서울신문 신춘문예를 통해 등단했다.

11구역

건물들이 모두 철거되었고
나는 거울을 보고 있습니다
오늘은 어제보다 두 장 더 입었군요
이렇게 부드러운 것들로 몸을 묶어두려는 걸까요? 무엇
이 부끄러워서

타워크레인이 바람개비처럼 회전하고
철근콘크리트가 분수처럼 솟아오르니
옷을 벗어야겠습니다 나는
발바닥도 없이 정수리도 없이
골조 사이로 바람이 숭숭 빠져나가는 11구역
춤을 추어야겠습니다 옷을
최대한 멀리 벗어던집니다

뒤집어진 소매
삐져나와 안녕?
구겨진 줄무늬
쉽게 붕괴되는 동굴
뼈의 질서가 없으니
춤의 요령도 없습니다

쥐덫에 걸린 동물과
결사반대 붉은 글씨와
나의 사생활만이
나타날 뿐입니다

더 개방할 순 없을까요?
현장에서
베개들이 팝콘처럼 터지고
조여진 나사들이 풀리고
알몸이 될 때까지
존재가 잊힐 때까지

발음 연습

내가 그린 기린 그림은 긴 기린 그림이고 네가 그린 기린 그림은 안 긴 기린 그림이다. 그린 기린 그림은 기린을 닮았나 기린 그림 그린 자를 닮았나. 내가 그린 기린 그림은 기린인가 나인가. 그림과 기린과 나. 시와 세계와 나. 정확하게 발음하려고 할수록 자꾸 헷갈리고 놓치고 포기하게 된다. 그렇게 매번 시한테 지는 거다. 그나마 내가 시의 말을 잘 들을 땐 기분좋게 지고, 시가 내 말을 안 들을 땐 분하게 진다. 기분좋게 진 기억보단 거절당한 감각이 더 우월하게 남아 있어 빈 종이 앞에선 늘 용기가 필요하다. 근데 용기를 내면, 시는 나에게 펭귄 머리에 쌓인 눈 고깔, 혹은 발밑에 숨겨둔 따뜻한 돌 같은 것을 선사한다. 나는 그것이 좋다.

문학동네시인선 100 **기념 티저** 시집 **박희수**

박희수 | 2009년 『창작과비평』을 통해 등단했다. 시집으로 『물고기들의 기적』이 있다.

표적

하늘은 갈매기로 구름을 뒤덮고 있다

─ 와, 바다다.
눈을 가린 채 그렇게 말하는 소년

물거품 속에서
부스러진 조개더미가 밀려온다

─ 애야, 이리 와.

(엄마, 싫어. 난 여기가 좋아.)

─ 애야, 이리 와.

─ 엄마, 난 이미 엄마 앞이에요.

너의 몸은 젖어 있고, 소금 냄새가 나고
깊은 곳에서 상한 해초 더미가 둘러져 있다

나는 눈을 감는다

— 와, 바다다.
눈앞에는 이명(耳鳴) 같은 파도

— 와, 어서.

엄마.
나는 못 가.
나는 이진석.
안성으로 향하는 고속도로.
옆에는 모르는 사람.
나는 눈이 가려져 있다.

나는 매 순간 더 위험해진다.

— 멍청한 새끼야!
— 와, 어서 오라고. 와!

구름은 하늘로 갈매기를 뒤덮고 있다

스틸 컷

내가 쓴 시에 대해 단상을 쓴다는 게 어떤 일인지 잘 모르 겠다. 다만 어떤 감정이 떠오른다. 그 감정은 내가 처한 상 황과 관계가 있는 것이고, 항상 처해 있었던 그 상황과 관계 가 있는 것이다. 나는 적대적인 것 앞에서 발언하고 있다. 그런데 무엇이, 누가 내 적인지 알지 못한다. 다만 모든 것 이 의심스러워 보였다는 것만을 인정할 수 있다. 나는 눈이 가려져 있다. 눈을 감고 있는 것인지도 모른다. 내가 어디 로 향하고 있는지 모르면서, 누가 내 발을 옮기고 있는지 모 르면서 나는 앞으로 달려가고 있었다. 그런데 나는 지금 달 려가던 그 자세 그대로 멈추면서 내 몸에서 빠져나와 내 곁 에서 나를 살펴본다. 달려가던 내 표정은 절박하고, 공포에 질려 있다. 땀에 젖은 그 얼굴은 희끄무레한 빛을 보고 있 는데 그것이 출구인지 덫인지 알지 못한다. 그 사실이 내게 당혹감을 준다.

문학동네시인선 100 **기념 티저** 시 집 **배영옥**

배영옥 | 1999년 매일신문 신춘문예를 통해 등단했다. 시집으로 『뭇 별이 총총』이 있다.

시

원시 생물이 첫 눈을 뜰 때
딱딱한 캄브리아기의 시간을 뚫고
이제 막 새것인 시신경이 머리 주위로 모여드는,
몸 일부를 건네주고 눈 하나를 받을 때
껍질은 갈라 터지고 환부를 찢어발기며
처음 통증을 마지막 통증으로 다독이는,
통증의 말단으로 온몸이 집중하는 순간
검은 눈망울이 빛과 어둠을 가르고
바깥세상과 만날 때
마침내 '보다'라는 의미를 가진
말의 물거품이 떠오르고
첫 눈빛 세례를 받은 바닷속
풍경 하나가 반짝, 반응할 때
세상이 드디어 어린 영혼의
외로움까지 감싸안으며 더욱 짙어지는,
한 생명이 자기 안의 어둠과 대면하는 바로 그 순간

고백

이미 오래전부터
나는 아무것도 말하지 않았다.

아직 말하지 않음으로
나는 모든 것을 말하였으므로,

문학동네시인선 100 **기념 티저 시집 서윤후**

서윤후 | 2009년 『현대시』를 통해 등단했다. 시집으로 『어느 누구의 모든 동생』이 있다.

안마의 기초

해보세요, 맨발로 골프공 하나 지그시 밟는 일을
건강에 좋을 수도 있는 일을

꾹꾹 몸을 누르기에 좋은 것들을 봐요
어디가 아플 때마다 하나씩 사온 것들
뾰족한 것으로 자신을 찔러보는 용기는
이게 최선일 리 없다는 마음과는 사뭇 다르게

아파야만 아픔이 풀릴 수 있대요
뭉친 근육과 자신도 모르게 한 결심이
하나의 심박동을 나눠 쓰며 싸우는 것을 이젠 허락했어요

어깨가 먼저 죽어가고 기후에 어두워져요
매일 서늘하기도, 종종 젖기도 하는
나무를 흔들어야만 어제 날씨를 알 수 있는 사람이 돼요
마르지 않고 살아 있어서 종종
발을 주무르며 걸어온 나날을 복원합니다

모든 게 나아졌다고 믿어요 그런 수모를 겪는 밤이에요
초인종으로 해두기 좋은 울음소릴 채집하려고

성난 피로의 목줄을 편히 놓아줍니다
어깨 위로 놀란 새들이 후드득 떨어지면

꾹꾹 눌러요 이게 처음도 아닌데
요령을 몰라서 졸다가 놓친 양들이 돌아와 밤새 울고요

그건 내가 들어요

그대로 두면 그대로 되지 않는

체온이 가물자 말문이 트이게 되었다. 고요를 흥청망청
쏟으며 마음을 읽으려고 했던 날도 있었다. 가끔은 우울하
냐는 질문이 새삼스럽고, 슬픔은 남몰래 귀신같이 내 몸을
빌려 청승을 떨었다. 종이 위로 첨언하는 나는 지나치게 인
간다워서 인간이 되려고 한다. 자기 몸을 돌보게 되었고, 좀
먹어가는 곳은 애써 손대지 않는다. 살면서 닳게 된 부분과
손쓸 수 없이 딱딱해진 부분이 닿을 때, 쓴다. 쓰는 손은 차
갑고 차가운 손을 응시하는 것은 아마 따뜻함의 곤욕스러움
을 잘 아는 것일 것. 나는 다정함을 벌칙으로 살고 있다. 나
는 나의 슬픔을 비틀더라도 양보다 크게 울 수 없을 것 같
다. 그래서 자주 웃음이 나고, 앞으로도 그렇게 될 것이다.

문학동네시인선 100 **기념 티저** 시집 **서정학**

서정학 | 1995년 『문학과사회』를 통해 등단했다. 시집으로 『모험의 왕과 코코넛의 귀족들』 『동네에서 제일 싼 프랑스』가 있다.

가을

잔디밭에 누워 있었다. 누군가의 무릎을 베고 있었다. 쌀쌀한 바람이 뺨을 타고 흘렀다. 흥얼거리는 낮은 음성. 나뭇잎들 사이로 햇빛이 떨어지고 있었다. 흘러간 시간의 냄새가 났다. 바스러지는 낙엽들. 그리고 가을이다. 그리고 햇빛이 손바닥을 뚫고 반짝였다. 그리고 새들이 지저귀는 소리가 들렸고 그리고 잔디밭이 꺼지면서 아래로 떨어지기 시작했다. 그리고 찢어진다. 아래로 떨어진다. 생각은 하고 있었지만 실제 겪는 건 좀 다르다. 그리고 그리다보면 그림이 완성된다. 가을이다. 갈색으로 물든 잔디밭에서 떨어진다. 누군가의 무릎에서 떨어진다. 찬바람이 뺨을 때린다. 해는 저물고 그리고 눈송이가 떨어진다. 생각은 하고 있었지만 잠깐 춥다. 그리고 떨어진다. 그리고 그리고 그리다보면 가을이 간다. 잠깐 왔다가 눈이 온다. 아래로 떨어진다. 그리고 찢는다. 날 선 가을이 찢는다.

그리고

자신만만하게 그리기 시작한다. 기분좋게 시작한다. 그리고 그리다보면 선명함이 조금씩 사라진다. 그리고 점점 흐려진다. 그리고 점점 슬퍼진다. 알아보기 힘들 정도가 되면 그릴 수 없게 된다. 영역을 벗어난다. 다른 것이 되기 전에 대충 수습하곤 하지만 선을 넘으면 그렇게 다른 것이 된다. 당신은 알아챌 수 없다. 그리고 경계는 미묘해서 날 맑을 때는 제법 멀리까지 선명하다. 하지만 고개를 약간만 틀어도 알아볼 수 없다. 그 자리에서 그곳을 봐야 보인다. 언제나 기분좋게 시작하지만 언제나 기분좋게 끝나는 건 아니다. 그리고 당신이 보는 것은 경계를 넘지 않은 그런 것들이다. 다른 것들이 아니다. 당신에 기대 있는. 당신은 내가, 나는 당신이 뭘 보는지 알지 못한다. 그저 기대하고 상상하고 그릴 뿐. 내가 상투적인 이유다. 그리고 그리다보면 그림이 완성된다.

문학동네시인선 100 **기념 티저 시집 서효인**

서효인 │ 2006년 『시인세계』를 통해 등단했다. 시집으로 『소년 파르 티잔 행동 지침』『백 년 동안의 세계대전』『여수』가 있다. 김수영문 학상, 대산문학상을 수상했다.

갈비를 떼어서 안녕

죽은 닭처럼 쓸쓸한
송별회였다
우리는 퇴사하는 사람이 누군지도 잘
모르고 닭에게
불만이다 뒤적거리며 뒤척이며
계륵이라는 말이 이래서 생긴 거야
오늘도 가르침을 주시는 분
여기는 사실 갈빗살이 아닌 거야
오늘도 말씀이
모가지처럼 기신 분
죽은 닭은 아주 오래전에
죽었고
한참을 뒈진 채로 얼어 있었고
우리는 입만 살아 먹고 말하지
그동안 수고하셨습니다,
그간 고생 많았습니다,
닭의 살갗 같은 냅킨으로 입술을 닦고
앉은자리를 푸드득 털며 서두른다
죽을 줄도 모르고
죽으러 간다

죽은 줄도 모르고
죽어서 긴다
말씀이 기신 분이 가르침을 멈추고 놀라 묻기를
여기 웬 닭대가리가 있어
우리는 놀라 벌떡 일어나 모가지를 비튼다
먹다 남은 닭의 순살 조각들이
사방으로 튀어오르며 삼바를 춘다
안녕, 뼈가 없는 친구들아,
안녕, 살이 없는 친구들아,
죽은 닭들의 송별회가
쓸쓸히

전장에서

무엇을 시로 써야 할지 잘 모르겠는 날들이다. 무엇을 쓰는가가 중요한 것이 아니고 어떻게 쓰는 것이 중요한 것이라 많은 이들이 말했다. 물론 맞는 말이겠지만 나는 요즘 무엇을 써야 할지 몰라 눈알을 데굴데굴 굴린다. 브라질산 냉동 닭, 퇴사한 동료, 비싸고 맛없는 음식, 의례적인 인사를 건네는 얼굴, 닭과 콜라를 먹는 입…… 무엇을 써야 할지 잘 모르겠다. 다만 무엇이든 씀으로써 별생각 없이 미끄러지는 일상에 불편한 감각 몇이 돋아나길, 그래서 닭의 뼈를 발라내듯 잠시 서 있을 수 있길 기대하는 것이다. 그것이 아니라면 무엇으로 버티겠는가. 수입산 고기들, 들고 나는 동료들, 어제오늘 먹은 점심들, 얼굴과 입과 코와 눈의 각축전 사이에서.

문학동네시인선 100 기념 티저 시집 손택수

손택수 │ 1998년 한국일보 신춘문예를 통해 등단했다. 시집으로『호랑이 발자국』『목련전차』『나무의 수사학』『떠도는 먼지들이 빛난다』가 있다. 현대시동인상, 신동엽창작상, 육사시문학상, 애지문학상, 이수문학상, 노작문학상 등을 수상했다.

산색(山色)

산등성이의 신록이 등성이 너머로 번진다
산빛이 산을 벗어나서,
공제선 너머
무한으로
산을 넘치게 하는 것 같다
번지는 산빛으로 하여 산이 흔들
흔들
표나지 않게 움직인다
저 색을 뭐라고 불러줘야 하나
능선 밖으로 뿜어져나오는 색, 있는데
틀림없이 없는
저 빛깔,
툇마루 끝에 나앉아 해종일
앞산을 보고 있던 노인의 말년이 마냥 적적키만 한 것은
아니었겠다
가만히 앉은 채로 저를 넘어가는
넘어가는
산빛
노인이 묻힌 산 그림자가 들판을 건너온다
혼자 남은 내가 산등성이를 더듬듯이

떠나온 들판을 쓰다듬으며
쓰다듬으며 온다

시와 시 너머

시(詩)의 사(寺)는 '절'이기도 하고 '집이나 관청'의 뜻을 갖고 있기도 하다. 불교 전래 이전엔 카오스에 코스모스를 부여하는 일종의 제도나 문화 행위로서의 뜻이 강했는데 이 런 일상적 요소 위에 비일상적 요소가 더해진 것이다. 그러 니까 시라는 말 안에는 제도나 문화 혹은 언어 같은 일상의 영역과 그 너머의 무한 공간이 겹쳐져 있다. 언어는 부재하 는 것들과의 교감을 통해 신생을 누린다.

문학동네시인선 100 **기념 티저** 시집 **송승환**

송승환 │ 2003년 『문학동네』를 통해 등단했다. 시집으로 『드라이아이스』 『클로로포름』이 있다.

이화장

　하지만 실은 어쩌면 그러나 조금 굉장히 가까스로 가끔
그러나 그래도 그렇다면 그래 하마터면 어쩌면 그리고 짐
짓 차라리 단김에 꼬박 거푸 따라서 더욱 도리어 그러나 그
래도 그렇다면 슬그머니 문득 바라건대 불현듯이 시나브로
밤낮으로 온통 오직 끝까지 사뭇 아마 겨우 모처럼 실컷 아
니 아예 한낱 참으로 철철이 켜켜이 통째로 툭하면 퍽 흠씬
힘껏 갑자기 흠뻑 돌연 한꺼번에 하기야 그러하다면 오로
지 이대로 이로써 엉겁결에 물밀듯이 문득 여기에 십상 부
디 아니나 다를까 바야흐로 보아하니 쉽사리 스스로 일시
에 더욱 그런데 의외로 막상 실제로 뜻밖에 다시 역시 기어
이 그렇게 이제야 너무 더디게 천천히 그러므로 도무지 멋
대로 마구 모조리 틀림없이 반드시 하지만 실은 어쩌면 그
러나 조금 굉장히 가까스로

접속사에 대하여

재현에서 인상으로
기록에서 사건으로

증언에서 침묵으로
산문에서 음악으로

흑에서 백으로

다만

나는

있는다

어쩌면

만약

마치

그러나

문학동네시인선 100 **기념 티저** 시집 **신용목**

신용목 │ 2000년『작가세계』를 통해 등단했다. 시집으로『그 바람을
다 걸어야 한다』『바람의 백만번째 어금니』『아무 날의 도시』『누군
가가 누군가를 부르면 내가 돌아보았다』가 있다. 육사시문학상, 시
작문학상, 노작문학상, 현대시작품상, 백석문학상 등을 수상했다.

유령들의 물놀이처럼

밤은 먼 하구에서부터 대지의 터진 강물을 달빛의 바늘로
가늘게 뜨고 있다

유령들의 물놀이처럼 바람

자자
왜 생각은 보이지 않는 곳에서 더 잘 보이는가

자자
생각의 입이 터져 노래를 부르는 노래방 간판이 꺼진다

결정적인, 그래서 아직 오지 않은

우리가 육체 속에 갇혀 살아갈 때, 사랑이 늘 우리 몸을 두드리듯이. 비와 눈과 바람이 이 세계를 두드리고 있다는 것을…… 적막은 때로 밤의 교실을 열고 우리에게 가르쳐준다. 그리고 또 가르쳐준다. 이 균열과 어긋남과 낯섦이, 그것을 둘러싼 어떤 불편함이 우리의 미래를 두드리고 있다는 것을 말이다.

그래서 기다린다. 결정적인, 그래서 아름다운 무언가. 그것이 아직 오지 않았다고 믿으며 죽겠지만. 인생의 단 한순간, 어쩌면 인생 자체일지도 모르는 것을…… 하루하루 죽어간다고 해서 죽음을 만난 것이 아니듯이, 하루하루 살아간다고 해서 인생을 만났다고 할 수 없으니까. 아직 나는 인생을 만난 적 없으니까.

문학동네시인선 100 **기념 티저** 시 집 **심재휘**

심재휘 │ 1997년 『작가세계』를 통해 등단했다. 시집으로 『적당히 쓸 쓸하게 바람 부는』『그늘』『중국인 맹인 안마사』가 있다. 발견문학 상을 수상했다.

안목

경포보다 안목이 나는 좋았지
늦가을까지 걸어 안목에 마침내 안목에 가면
수전증을 오래 앓은 희망이
쏟을 듯 쏟아질 듯 자판기 커피를 빼어 들고
오래 묵은 파도 소리가 여전히 다정해서 좋았지

경포 횟집 거리를 지나
초당 순두부 집들을 지나 더 가물거리는 곳
해송 숲의 주인 없는 무덤을 지날 때처럼
늦어도 미안하지 않은 안목에서는
바다로 막 들어가는 강물이
지는 해를 돌아볼 줄 알아서 좋았지
숨겨둔 여인이 있을 것 같고
그조차 흉이 될 것 같지 않은 곳

마른바람 속에서 팔 벌리기를 하고
멀리 경포의 불빛을 바라볼 줄 아는 안목은
더이상 골똘히 궁근 그 안목은
이제 없는 거지
막횟집도 칼국숫집도 다 사라지고

커피 거리로 이름을 날리는 저기 저 안목은

있는데 보이지 않는

흐르는데 멀어지는 것, 가벼운데 느려지는 것, 소리 없이
서서 마르는 것, 가만히 있는데 흔들리는 것들은 모두 다 어
쩔 수 없는 것들이다. 그러나 있는데 보이지 않는 것만큼 속
수무책인 몸은 없다. 작은 그늘이 큰 그늘 속으로 들어가듯
사라지지 않았는데 보이지 않는 것은 귀담아들어야 한다.

문학동네시인선 100 기념 티저 시집 심지현

심지현 | 2014년 경향신문 신춘문예를 통해 등단했다.

별무늬 이불

우리 왼손의 죽음으로 오른손을 구원하려 했던 아버지.

경기중에 지구를 벗어난 아버지,
우주 한가운데 미세하게 슬픈 아버지.

열한 명보다 적은 둘이 남아, 둘보다 작은 형제가 반칙을
고합니다.
아비를 불쌍히 여긴 죄, 우리 모두 왼손잡이인 죄.

— 형아, 오른손에서 서글픈 냄새가 나, 냄새 맡으면 우는
소리가 나
— 주먹 쥐고 있어. 아직 오른손 있지?

왼손에 왼손에 왼손에 왼손을 붙잡고,
이불 속에 주먹처럼 웅크린 형제.

축축하게 젖어 붉은 저 구름 밀려나고
팔꿈치에 뜬 딱딱한 달이 천장까지 떠오르면

구원투수, 아직 죽지도 않고 캄캄한 시신 되어

투구, 별똥별 쏟아지리.

기도

이유 없이 아름다운 영화처럼 형제는 우울하고
부정할 수 없는 이유만으로
누군가는 그렇게 잔인하기도 하다.

문학동네시인선 100 **기념 티저** 시집 **오병량**

오병량 | 2013년 『문학사상』을 통해 등단했다.

편지의 공원

유월, 공원에 누워 공원을 바라본다
방안에 누워 방안을 바라보면서
안녕, 네 눈에 내가 보이길 바라지만
건조대에 마른 옷가지에선 네 살냄새만 난다
어제 입은 셔츠에 비누를 바른다
힘주어 잡으면 튀어오른다 부드러움은 죄다
그렇다

좋은 분 같아요, 발톱을 깎으며 좋은 사람의 마음이란 게
이 떨어진 톱처럼 손으로 모을 수 없는 두려움 같아서
뉴슈가를 넣고 달게 찐 옥수수 냄새에 틀니를 다시 깨무는
아버지, 나 어릴 적 푸푸푸 하모니카 소리에 왜 화내셨어
요?
그때 왜 나를 나무라셨어요, 지금 그렇게 맛있게 드시
면……
옥수수 하모니카 얘기는 그만두게 된다

구름에 네 손끝이 닿을 때마다 빨강거리며 하늘이 깨질
듯했다 쨍그랑,
이파리 부딪는 소리 몸 하나에 링거를 꽂고 세상을 다 뱉

어내는 듯

비가 왔다 낮잠을 자고 꿈에서 누군가와 싸웠다

짐승의 털이라도 가진다면 웅덩이에 몸이라도 던지겠지만

젖은 베개를 털어 말리고 눅눅한 옷가지에 볼을 부비다 너의 아름다움이

온통 글이 될까봐 쓰다 만 편지를 세탁기에 넣고는 며칠을 묵혔다

당신이 기타와 피아노를 친다는 말을 듣고 몹시 기뻤어요

다친 사람을 위해 음악을 연주하고 치료하는 일이 꿈이라고 했지요

가능할지 모르겠다고, 엄마의 기타는 목이 휘었다고

하지만 기타는 계속 배울 거라고 마치 그 꿈을 살아본 사람처럼

차분했어요 그 고요한 수면 위에 몸 내릴 수 있는 새가 있을까?

나의 초라한 발견이 평범한 사람을 울리기 쉬운 새벽이면 틈틈이 편지를 썼어요

고백은 어째서 편지의 형식입니까? 파리한 나무 그늘 밑

에서
　빙빙 꼬리를 물고 돌아가는 개에게도 나는 묻게 된다
　주저앉아 아무것도 하기 싫었다 다시 태어나도 멈추지 않
을 것 같아요,
　그러자 아픈 일을 아름답게 말하는 건 좋은 일이 아닌 것
같다고
　도무지 아름다운 것이 없는데 당신은 보고 있는 것 같았다
　공원이었다 그렇더군요, 근데 걷고 좋았어요
　왜 멀리 돌아왔느냐는 내게, 나를 궁금해해줘서 고맙다
고 했다

　공원에서 방안을 생각했다 방안에 누워 떨어지는 소리를
들으면
　사람이 있구나, 안도했었지
　멈춘 공은 죽은 공, 죽은 공은 멈춰 좋은가, 던지고 받는
벽 앞에서
　멈춘 것들이 좋아져서 슬펐다
　나를 슬프게 해줘서 좋았다고, 실은 편지를 썼어요
　아무리 볼을 꼬집어도 살아지지 않는 사람에게
　분명한 것은 우리가 사람이기를 조심스러워 해야 한다는

거겠죠
　라는 말을 들었다

　죽은 공처럼 누가 날 발로 차주었으면
　들어가지 마시요 끝말이 틀린 경고문 안에서 우리는 튀
어오르고
　골대가 없는 농구장에서 던지는 연습을 했다 공을 주면
살아서
　받아내려고 멈추지 않았다 누구의 공인지도 모른 채
　죽으면 안 되니까, 산 것을 가만두지 않으면
　견딜 수 없는 죽음이었다

한밤의 농구

술 먹은 밤이면 이따금 등뒤에 따라붙은 구둣발 소리와 만
난다. 한적한 골목에서는 그도 나도 모두가 조심스럽다. 내
걸음과 등뒤의 걸음이 엇박자로 묘한 긴장을 야기할 때면
얼굴이 없는 사람과 어두운 놀이터에서 공을 주고받는 한밤
의 농구 같은 일을 떠올릴 때가 있다. 공이 멈추면 금방이라
도 무서워질 것 같은, 등뒤의 소리가 멈추면 금방이라도 쓰
러질 것 같은 상황을 지나치면 안도보다는 괜한 상실감에
종종 슬픔을 강요받고 싶을 때가 있다. 그런 마음으로 며칠
을 지내면 홀로 벽을 향해 서 있는 사람만 봐도 급하게 두려
워진다. 그가 숨겨둔 공을 꺼내어 던지는 상상만으로 나는
견디기 어려운 슬픔에 빠진다.

문학동네시인선 100 **기념 티저 시집 유강희**

유강희 | 1987년 서울신문 신춘문예를 통해 등단했다. 시집 『불태운 시집』 『오리막』이 있다.

부처꽃

한 소녀가 한 소년에 의해
끌려가고 있었다
챙이 넓은 등산 모자를 쓴
소녀는 그러나 소년의 손이 아니라
소년이 앞장서 잡고 가는
막대기에 끌려가고 있었다
그 '하얗게 빛나는 막대기'를
소년은 무슨 귀중한 유산처럼
들고 가는데, 앞을 보랴 뒤를 보랴
갑자기 퍼붓는 빗속에 소년은
언뜻 가면서 오는 사람 아니
오면서 가는 사람처럼 보였다
흰 꽃을 짓이겨 만든 공처럼
얼굴이 작고 동그만 눈먼 소녀의 발 앞에
길이 먼저 더듬더듬 눕고 있었다
비는 점점 세차게 내리고
연꽃은 벌써 시름시름 지고 있었다
내 눈엔 소년이 소녀를 끄는 게 아니라
신기한 소녀가 소년을 끄는 것처럼
보였다 둘은 그만 물보라처럼

지워질 듯 자욱해져갔지만
못가의 부처꽃은 붉게 고개 쳐들고
저를 눕혀 빛을 만든 막대기는
하나의 오래고 굳센 약속처럼
공중을 받쳐 더욱 또렷이 빛났다
모르는 어딘가로 그들을 이끌고 있었다

시의 막대기를 찾아

연꽃이 막 시드는 산 가운데 작은 연못이었다. 그 눈먼 소
녀와 소년을 만난 게. 뒤늦게 연꽃 구경이라도 온 것일까.
갑자기 내린 소낙비를 흠뻑 맞으며 둘은 못가를 돌고 있었
다. 소녀와 소년을 이어주는 건 단순한 막대기 하나. 공중
에 떠가는 보일 듯 말 듯 가는 막대기. 그때 나는 그 막대기
에서 태초의 언어를 만났다. 침묵을 만났고 빛을 만났다. 왜
그 순간 막대기가 은빛으로 보였는지 모르겠다.

퍼붓는 빗속에 나는 그 둘을 오래 바라보았다. 마치 내가
신화의 한 페이지 속에 들어앉아 있는 것 같았다. 이어 천둥
번개가 요란했다. 번쩍번쩍 검은 짐승의 혀가 나의 등줄기
를 후려치는 듯했다. 그건 언어의 묘지를 파헤치는 어떤 회
오였다. 비로소 나는 잘생긴 시의 막대기 하나 간신히 엿본
것이다. 그날 그렇게 나는 믿고 싶었다.

문학동네시인선 100 **기념 티저** 시집 **유계영**

유계영 | 2010년『현대문학』을 통해 등단했다. 시집으로『온갖 것들의 낮』이 있다.

해는 중천인데 씻지도 않고

내가 돌아오지 않는군
벽에 드리운 오후

거위는 자신에게 뒤통수라는 것이 있다는 사실을 까맣게
모르면서
뱃속에 돌을 모아 작은 해변이 될 계획을 세운다

그러나 먹어야 할 것 외에는 먹지 말아야 할 것
돌의 뒤통수는 대장공의 망치 속에 웅크리고 있지

해변과 왼손잡이용 식칼의 거리만큼 큰 바위가 될까

꿈속에 잠긴 이마를 오래 누르고 있으려고
절정을 만들지 않은 자장가
창틀에 걸터앉아 두 다리를 흔들고 있는 유령들

살아 있는 척

생일을 따서 만든 비밀번호는 물론이고
오늘이 오늘인 것

내가 나인 것까지
태어난 일과 죽은 일까지 망각하기

뒤통수를 들고 외출한
내가 영영 돌아오지 않을 작정이군

현관으로 입장하지 못하는 슬픔은 창문을 통하지
슬픔, 운다, 오래오래, 흑흑
창유리에 파리 한 마리 곤두박질치는 소리

시간은 코앞에서 흔들리는 탐스러운 엉덩이
올라타고 싶은 순간과 걸어차고 싶은 순간으로
뒤뚱거린다

돌멩이를 삼키는 거위처럼

바라볼 수 있지만 이해할 수 없는

슬픔이 낭떠러지에 선 인간의 등을 떠밀어버리려는 것을
보게 된다면, 쓰고 싶은 시가 좀 달라질 것 같다. 제정신이
라는 것을 알리기 위해 주기적으로 벗었던 몽상이라는 모
자, 그것을 왼손에 들고서 여기저기 인사하러 다니는 것도
그만둘 수 있을 것 같다. 남의 불행에 대하여 눈부셔하거나
황홀해하다가 눈꺼풀을 닫아버리는 일과, 나의 젊음이 뜨
겁거나 아까워서 죽음의 관념을 가지고 놀아보는 일. 다 집
어치울 수 있을 것이다. 아무것도 지긋지긋해하지 않고 잘
살 것이다. 얼음을 입에 물고 착실히 굳어가는 겨울의 허벅
지처럼. 죽을 만큼 밉다는 말보다 죽을 만큼 슬프다는 말을
진실로 믿으며. 나는 아직 그런 슬픔을 위로해본 일이 없
는 것 같다.

문학동네시인선 100 기념 티저 시집 유용주

유용주 | 1991년 『창작과비평』을 통해 등단했다. 시집으로 『가장 가벼운 짐』 『크나큰 침묵』 『은근살짝』이 있다. 신동엽문학상을 수상했다.

첫눈

가장 단단한 먼지이자 가장 물렁한 바위다

　　천상의 춤이자 지하의 술이다

가장 가벼운 꽃이자 가장 무거운 물이다

　　깊은 바다이자 얇은 바닥이다

가장 맑은 소리이자 가장 탁한 소란이다

　　화려한 침묵이자 소박한 웅변이다

가장 차가운 불이자 가장 뜨거운 입김이다

　　깨끗한 날개이자 불결한 내장이다

가장 열렬한 마중이자 가장 쓸쓸한 배웅이다

　　환한 입구이자 캄캄한 출구이다

가장 단정한 잠이자 가장 흐트러진 꿈이다

달콤한 치욕이자 쓰디쓴 사랑이다

가장 부드러운 몸이자 가장 거친 영혼이다

촘촘한 그물이자 성긴 허공이다

가장 확실한 연기이자 가장 희미한 실체이다

그림자 없는 빛이자 빛 없는 그림자다

가장 느슨한 구속이자 가장 팽팽한 용서이다

사막의 눈물이자 빙점의 웃음이다

가장 광포한 평화이자 가장 차분한 혁명이다

부실한 열매이자 탄탄한 뿌리이다

가장 간절한 기도이자 가장 엉성한 수행이다

　　높은 말씀이자 낮은 몸부림이다

가장 독한 키스이자 가장 순수한 신열이다

　　격렬한 떨림이자 조용한 소멸이다

가장 멀리 퍼져나가는 울음이자 가장 가까이 다가온 비
명이다

　　섬세한 칼날이자 세상 뭉툭한 쇠몽둥이다

세상에는 공짜가 없는 법이다

산골에 살면서 남보다 빠른 걸음은 자연의 변화를 피부로
느낀다는 사실이다. 풀과 나무가 자라고 시냇물과 해와 별
과 달과 구름의 운행을 직접 볼 수 있다. 계절이 바뀌는 것을
먼저 감지한다. 그 모두가 사람 사는 모습에 다름 아니다.

문학동네시인선 100 **기념 티저** 시집 **유종인**

유종인 │ 1996년 『문예중앙』을 통해 등단했다. 시집으로 『아껴 먹는 슬픔』 『교우록』 『수수밭 전별기』 『사랑이라는 재촉들』 『얼굴을 더듬다』 『양철 지붕을 사야겠다』 『숲시집』이 있다.

돌베개

중국산 큰 낙관석(落款石)엔 해태가 종뉴(鐘鈕)처럼 솟
았어도
나는 이걸 바라보는 도장으로나 곁에 두었다

너무 큰 도장이라서 마냥 쓸모를 모르겠어도 좋겠거니
얼룩이 박힌 옥돌이라 가만히 모로 눕혀볼 때도 재밌다

세로로 긴 이놈을 가로로 눕혀놓자 짐짓 베개 같았다
때는 바야흐로 모기 눈에 핏발이 서는 여름이었다

그때 내 머리는 벌써 이 석물을 가만히 베고는
묵묵하고 소슬한 이 고답(高踏)을 내 뒷배로 삼았다

가끔 이 돌덩이를 베고 꾀꼬리 노란 울음이 날래구나
혼자 낮 잠꼬대를 하고 싶은 날도 있었다

겨울에는 물렸다가 여름에 찬 베개를 뒷목에 받치니
서늘해지는 기꺼움에 돌에게 고향이 어디냐 묻는 거였다

아득함이 고향이고 먹먹함이 그 고향 동구(洞口)라오

돌베개는 어쩌면 내 뒤통수와 뒷목에 찍는 낙관(落款) 같
았다

이 선선한 단단한 낙관석이 돌베개로 오지랖을 넓히듯
그대 졸음이 사랑홉다 싶을 때 내 왼팔이 팔베개로 번지
는 것이다

인연이라는 돌

이 시는 당장의 쓸모에서 놓여난 작은 석물에 대한 해찰이다. 여적(餘滴) 같은 것, 뭐 이런 여줄가리로 봐온 돌 도장을 놓고 나는 맨발로 이리저리 밀어도 보고 당겨도 보는 소일(消日)이 있었다. 그대와 능노는 일이 이처럼 편안한 절실이면 좋겠구나 싶을 때, 나와 석물은 동무처럼 창문을 열고 명지바람을 쐬곤 했다. 그대가 그 동돌을 깨고 나왔으면 하는 허황된 상상을 나는 가만히 아끼었다.

문학동네시인선 100 **기념 티저** 시집 **이다희**

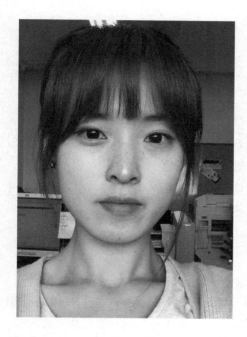

이다희 | 2017년 경향신문 신춘문예를 통해 등단했다.

승객

손에 쥔 표가 나의 유일한 표입니다

나의 뒤를 잡아채 길게 늘어진 풍경 속으로 안개가 자욱
하다 안개를 뒤집으면 불꽃이 맺혀 밤의 어둠 속에서 눈이
얻는 이득이 무엇인지 사실 불꽃은
너무 차가워요 너무 추워요 열차가 되지 않기 위해 나를
버티는 왼쪽과 오른쪽으로
찢겨 날리는 나의 뒤

이토록 넓은 창을 내는 용기가 열차를 위태롭게 합니다
나의 멀미가 열차의 무능은 아닙니다 열차는 레일을 읽
어내려갑니다
나는 열차의 반항을
기나긴 복종을 읽어내려갑니다

잠의 도끼가 나를 한 번 두 번 내리치고 나의 가장 낮은 곳
에서 들썩이는 도끼
미뤄둔 숙제를 하듯 도착한 도시와 떠나온 도시가 다르다
고 받아 적으며
열차는 도시의 차가운 악몽이 되어 달린다

누가 이 도끼를 들어줬으면

누가 이렇게 열차를 뚫어놓았습니까?
안개를 찍는 도끼의 비명을 되감아
동면에 들어가는 자갈돌

나는 열차가 아니다
도시가 아니고 날아오르는 발이 아니고
와본 적 없이 뚫린 구멍이 아니다 다음이 아니다

나는 다음이 아니다

부디 오늘
누가 이 레일의 끝을 덧대어주십시오
파산하고 돌아온 집에 오래된 침대가 누워 있습니다

기차 속에서 기차를 상상하며

모든 것을 시 앞에 가져다주는데도 천사는 단식으로 끼니를 거릅니다.

나는 누구의 눈알을 닦고 있는 걸까요. 내가 나답기만 하다가 끝나는 건 아닐까요.

파산하고 돌아온 집에 오래된 침대가 누워 있습니다.

문학동네시인선 100 **기념 티저 시집 이병률**

이병률 | 1995년 한국일보 신춘문예를 통해 등단했다. 시집으로 『당신은 어딘가로 가려 한다』 『바람의 사생활』 『찬란』 『눈사람 여관』 『바다는 잘 있습니다』가 있다. 현대시학작품상을 수상했다.

가을 나무

뭔가를 정하고 싶을 때나
뭔가를 정할 수 없을 때
나뭇잎의 방향을 보라

나무가 잎을 매달고 잎을 떨어뜨려 흩뿌리는 계절엔
다 이유가 있으니

뭔가를 알고 싶을 때도
알아야 하는 것이 진실이 아닐 때에도

새가 열매를 물고 날아가는 그쪽 방향을 보라
나뭇가지에 열매를 매다는 것에도 할말이 있으니

가을 한철의 그리움들은 힘을 놓고
끊어진 힘들은 다시 어느 한곳에 모여
나무로 자랄 것이니

부디 하고 싶은 것이 있거나
하고 싶은 것들을 조용히 거둘 때도

나무뿌리 가까이에 심장을 대보라
흙으로 덮이면 덮일수록 뿌리는 내리고 내려
가닿는 데가 닿을 데라는 것을 알게 될 테니

그러니 기차가 떠나버렸거나
기다리는 사람이 오지 않을 때에는
겨울 할아버지 앞으로 몰려가 수북이 질문을 하는
나뭇잎의 흩어지는 방향을 보라

네 계절

네 개의 계절이 있다는 것. 우리가 조금 변덕스럽다는 것, 감정이 많다는 것, 허물어지고 또 쌓는다는 것, 둘러볼 게 있거나 움츠러든다는 것, 술 생각을 한다는 것, 불쑥 노래를 지어 부른다는 것, 옷들이 두꺼워지다가 다시 얇아진다는 것, 할말이 있다가도 할말을 정리해가는 것, 각각의 냄새가 있다는 것, 우리가 네 개의 계절을 가졌다는 것.

문학동네시인선 100 **기념 티저 시집 이수정**

이수정 | 2001년 『현대시학』을 통해 등단했다.

지금 세상은 가을을 번역중이다

구름이 태어나는 높이
나뭇잎이 떨어지는 순서
새를 날리는 바람의 가짓수
들숨과 날숨의 온도 차
일찍 온 어둠 속으로
숨어드는
고양이의 노란 눈동자
밤새 씌어졌다 지워질 때
비로소 반짝이는
가을의 의지

고르고 고른 말
이성적인 배열과
충동적인 종결

각자의 언어로
번역되는 가을

가을과 구름과 새와 번역

릴케(R. M. Rilke)가 파리의 식물원—동물원도 함께 있는 식물원—에서 썼다는 「표범」(Der Panther)을 읽었습니다. 동물원에 갇힌 표범이 하루종일 작은 원을 그리며 도는 정형 행동을 하고 있는 것에 대해 쓴 시입니다. 릴케는 그 원이 어쩌다 되살아난 거대한 의지마저 삼켜버린다고 했지만, 제 생각에는 표범이 인간에게서 벗어나기 위해 스스로 작은 세상을 만들고 그 안에 들어가버린 것 같습니다. 슬프기는 마찬가지입니다.

이 작품은 여러 사람에 의해 번역이 되었습니다. 서로 다른 번역본을 찾아 읽었는데 번역자가 고른 어휘와 그 배열 순서, 종결어미에 따라 시가 아주 다르게 느껴졌습니다. 같은 마음을 시로 쓸 때에도 번역할 때처럼 다르게 써진다는 생각을 했습니다. 그리고 가을도 하나의 풍경이 아니라 가을이라는 의지를 세상의 모든 것들이 각자 번역하고 있다고 생각하게 되어서 이를 시로 써보았습니다.

문학동네시인선 100 **기념 티저** 시집 **이용한**

이용한 | 1995년 『실천문학』을 통해 등단했다. 시집으로 『정신은 아프다』『안녕, 후두둑 씨』가 있다.

불안들

웃는 표정을 걸어놓고 나는 울었다

심란한 구석에 손목을 내리고
문득 멸망한 유물론자처럼 앉아 있어요
저녁은 친절하고, 사월은 불길하니까
환하게 염불을 외며
교양 있게 슬퍼하는 거야
미쳐도 곱게 미치는 거지
들어오세요, 앉으세요
심장이라도 내어드릴까요 아니면 이 낡은 머리라도
이제 곧 첫눈이 내리겠지
꽃밭이 하얗게 얼어붙겠군
소년과 겨울이 뒤엉킨 뒤죽박죽의 계절들
붉은색 원숭이가 걸린 방에서
나는 삭제되었습니다, 라는 문장을
한번 더 삭제하고
보세요, 여기가 이미 바닥이에요
뛰어내릴 수도 없는 반지하 창문에 박힌 노란 달
달 하나에 한숨과
달 하나에 아버지

이 세상은 모든 아버지들이 망쳐놓았죠
요컨대 내가 아버지라는 게 가장 무서워요
아버지인 내가 시를 쓰고, 물을 마시고, 숨을 쉰다는 게
도망가지도 못하는 아내가 던지고 간
작고 하얀 알약을 삼키며
무수히 늦은 나를 잡아당기며
좀더 왼쪽으로, 무엇의 왼쪽인지도 모르고
버려진 자전거처럼 모로 누워
잠들지 않으려고 최선을 다하죠
눈을 감았다 뜨면 내일이 올 것 같아서
알아요, 이미 새벽이라는 거
아무 일도 일어나지 않은 목요일이라는 거
불면을 건너면 불안
죽고 싶은 것과 살고 싶지 않은 것은 달라요
둘 사이의 공백을 견디는 게 삶이죠
약을 먹으면 인생은 다시 좋아질 테지만*
가능성이란
불가능한 광년 너머에나 있는 것
보세요, 어디서 왔는지도 모르는 구름이
방안에 가득해요

그저 나는 조금 흐린, 이라고 쓴 뒤
더욱 흐릿해진다, 숨죽인 숨결처럼.

* 레나타 살레츨 『불안들』(박광호 옮김, 후마니티스, 2015)에서.

그건 좀 곤란합니다

무수한 간격 속에서 누군가 중얼거렸다. 그건 좀 곤란합니다. 밤이 깊었으므로 나는 아무것도 맹세하지 않았다.

문학동네시인선 100 **기념 티저 시집 이재훈**

이재훈 | 1998년 『현대시』를 통해 등단했다. 시집으로 『내 최초의 말이 사는 부족에 관한 보고서』 『명왕성 되다』 『벌레 신화』가 있다. 현대시작품상, 한국시인협회 젊은시인상, 한국서정시문학상을 수상했다.

바보배

온전한 말이 떠다닌다.
응징하는 말이 가라앉는다.
물결이 발끝을 찌르고
햇살이 허리를 관통한다.
바람이 온 바다를 취하고
고난을 서서히 물들인다.
인간의 미래와 교훈과 철학이
가득하다는 배에 오른다.
가장 가까이에서 파도를 보고 싶어
뱃머리로 간다.
춤을 춘다.
옆 사람도 앞사람도 춤을 춘다.
서로의 얼굴에 삿대질하며 춤을 춘다.
겨드랑이에 책을 끼고 읽으며
춤을 춘다.
비난은 하지 마세요.
충고도 하지 마세요.
춤을 추는 것뿐이에요.
인간의 땀과 살냄새를 맡고 싶어서
배가 고파서 춤을 추는 것이에요.

흥청망청하는 게 아니라 존재의 춤이에요.
어머니 뱃속에서부터 추던 춤이에요.
바람이 일렁인다.
노을이 출렁인다.
발걸음이 뒤엉킨다.
선장이 노름을 하고 있다고
누군가 귓속말을 한다.
선장은 재물을 모으고 여자를 취하고
기름진 음식을 먹고 뚱뚱한 배를 내민다.
흉년 아닙니까.
우리는 늘 어둡고 처절할 겁니다.
지금 당장 맛나게 먹고 즐겨야지요.
챙길 게 있다면 챙겨야지요.
저 혼자만 그런 게 아니라오.
갑판장과 항해사도 함께 챙겼는걸.
물고기가 잡히지 않는 배에서
스르르 살육이 시작된다.
사람의 껍질을 벗기고
사람의 살을 바르고 찢는다.
그렇게 살 바에야 차라리 죽지요.

죽음은 우리가 선택하는 게 아니란다.
광포한 얼굴들이 득실댄다.
아무런 맥락 없는 말들이 흘러간다.
물이 튀면 물고기가 떠오른다.
배는 광채가 없다.
배는 반란이 없다.
습관이 지킬 수 있는 것을 헤아린다.
배의 꼬리에 사람들이 모인다.
모임을 만들고 모의를 하고 법을 만든다.
몇몇을 죽이고
살인의 적법한 이유를 만들고
서로 미워하고 질투하는 방법을 제시한다.
바람이 사람들의 머리칼을 흩뿌린다.
빗방울이 떨어지기 시작한다.
사람들이 눅눅해진다.
어떤 이는 죽고 어떤 이는 병들고
어떤 이는 흐느낀다.
서로가 서로에게 소문을 전한다.
당신이 죽었으면 좋겠다고.
눈동자가 탁해지고 사람들이 소금에 절여진다.

흙이 그리워
사박사박 발바닥에 투박하게 감기는 흙을
밟고 싶어.
사람들의 몸이 점점 투명해진다.
배가 점점 투명해진다.
바다 한가운데 점으로 남다가 사라진다.
멀리서 들릴 듯 말 듯
아기 울음이 들려온다.

바보배의 신화와 마주하다

가을을 혹독하게 앓고 있다. 가을은 유독 번잡한 마음이
수런거린다. 나는 이 세계의 슬픔에 얼마나 동참하고 있는
가. 나는 이 세계의 거짓에 얼마나 속고 있는가. 억울해하
지는 말자. 산다는 게 다 그런 것 아니겠는가 하다가도 이
가을이 나를 더 번잡스럽게 한다. 목표가 없는 배는 없다.
배는 늘 어딘가에 당도하거나 무엇을 잡거나 무엇을 싣는
다. 목표가 없는 배에 오르고 싶다. 아무 의미도 없는 배에
올라 신이 만든 거대한 자연 속에서 투명해지고 싶은 축축
한 가을이다.

문학동네시인선 100 **기념 티저** 시집 **장석주**

장석주 │ 1975년 『월간문학』을 통해 등단했다. 시집으로 『일요일과 나쁜 날씨』 『오랫동안』 『몽해항로』 『햇빛사냥』 『붉디 붉은 호랑이』 『크고 헐렁헐렁한 바지』 『붕붕거리는 추억의 한때』 등이 있다. 애지문학상, 질마재문학상, 영랑시문학상, 편운문학상 등을 수상했다.

키스

내 농업의 성장세는 실로 괄목할 만해요. 오늘의 특용작물은 키스예요. 당신은 구름과 비의 일을 모르고 서리와 얼음의 때를 모릅니다. 누가 하늘에 청명과 곡우를, 땅에게 파종과 수확의 때를 가르칠까요. 농장에는 향기로운 입술이 백화제방으로 피어나요. 키스에 무지몽매한 사람도 늘었어요. 우리가 키스를 알았더라면 덜 불행했겠지요. 제분소에서 일한 적이 없어도 제분소 집 딸을 만나 키스를 하는 게 사람입니다. 인생은 심오하고 사랑의 일은 그보다 조금 더 하염없는 일이지요. 제분소 일을 모르면서 제분소 집 딸과 키스를 할 때 인생은 유쾌해져요. 우리는 키스를 모르는 나라에서 온 이민자들. 혹은 우리는 키스를 모르는 나라에서 온 야만인들입니다.

고양이와 양치류를 함께 기르는 이의 키스는 천진합니다. 당신도 알다시피 키스는 아주 오래된 죄예요. 열 번의 죄, 백 번의 죄, 천 번의 죄. 첫 키스 때 눈꺼풀 아래 눈동자가 불타는 듯해서 놀랐어요. 세상에는 여러 종류의 키스가 있습니다. 얼음, 잿빛 구름, 검은 커피, 분홍 덩굴장미꽃, 유월의 빗방울, 영국식 브렉퍼스트, 화산의 분출, 가벼운 뇌진탕, 죽음…… 키스, 키스, 키스들. 참전 용사의 키스, 숙녀의

키스, 죽은 영웅의 키스, 아기가 태어난 새벽의 키스, 외딴
집에서 외로운 이와의 키스, 국화꽃 위 벌처럼 잉잉대는 키
스…… 이 키스를 탐하는 나는 누구일까요? 아아, 나는 내
가 아는 바로 그 사람일까요?

  첫 키스는 진흙과 햇빛과 장미의 맛. 키스가 우연과 무중
력의 일임을 알았더라면 인생에서 모호함과 회의가 얕아졌
겠지요. 어떤 키스는 인생을 쓰디쓰게 만들고, 어떤 키스
는 참혹한 기쁨을 줍니다. 우리는 골목, 나무의자, 거실 소
파, 풀밭, 강가, 벚꽃나무 아래, 기차에서 키스를 해요. 우
리는 키스가 남용되는 오늘의 사태를 우려합니다. 이 나라
가 키스의 젖과 꿀이 흐르는 민주주의의 땅이 되려면 키스
허가제와 키스 총량제가 필요하겠지만요. 모든 실패한 자
들, 외로운 자들, 우울증을 앓는 자들, 가난뱅이들, 주정꾼
에게도 키스는 허락해야 합니다. 키스는 식은 재를 위한 불
꽃, 낙화하는 꽃잎에 비치는 마지막 빛, 상심한 마음에서 일
어나는 파도의 기쁨입니다. 키스의 오남용을 막는다고 키
스의 유구한 역사가 끝나서는 안 됩니다. 우리 아들과 딸에
게 키스의 덕과 악을, 키스의 교양과 보람을 부지런히 가르
쳐야 합니다.

눈꺼풀로 본 것들

눈꺼풀로는 볼 수 없다. 하지만 나는 간혹 눈을 감고 본다. 눈꺼풀로 본 것이 상상력을 자극하기 때문이다. 어린 시절의 깃발, 병, 울음, 시골집 안방의 앞문과 뒷문을 거쳐 뒤꼍 대추나무에 내리친 벼락, 들판 저 끝 공중에서 타는 노을, 돼지 멱을 따는 어른들의 웃음소리, 돼지 멱에서 콸콸 쏟아지던 피, 웅덩이 가에 핀 여뀌, 오디를 따먹어 앞니가 까만 계집애, 떠돌이 사진사, 서리 내린 아침 땅에 떨어진 매미들, 절집의 장례, 새벽의 곡(哭), 6·25 전쟁통에 억울하게 죽었다는 외할아버지, 고구마를 수확한 빈 밭, 개장수에게 끌려갔다 한 달 만에 살아 돌아온 개, 운동장에 쌓인 적막 따위. 내가 눈꺼풀로 본 것은 달무리처럼 모호하고 어렴풋하다. 그것은 분명 과거의 퇴적물이지만 죽은 기억은 아니다. 내 글쓰기 욕망을 불러일으키는 것은 바로 그것이다. 이미 오래전 망각되고, 피와 살과 뼈를 이룬 기억이다.

문학동네시인선 100 **기념 티저** 시집 **장수양**

장수양 │ 2017년 『문예중앙』을 통해 등단했다.

창세기

서리가 어린 창은 사람의 얼굴 같다. 매일 들여다보아도 하얗게 질려 있다. 갈라진 곳으로 호흡을 나눈다. 나의 얼굴도 희어진다.

눈물이 가득 고인 눈으로 아이가 도로를 지나간다. 혼자. 사라진 자리가 희다.

너무 많은 길이 다른 길을 찌르고 있어. 생채기에서 빠져나온 것 같아. 아무렇게나 흘러. 일기예보에 나온 적 없는 날씨를 모두가 아는 것처럼.

혼자 걷는 사람들이 자꾸만 서로 부딪친다. 여태 이상한 줄 몰랐다. 숨이 자욱하다. 여기에 없는 걸까. 추위가 되어 모르는 사람을 안아주고 있는 걸까.

눈을 감으면
천국은 하렘 같은 모양새를 하고 있다.
모두를 위해 존재하는데도
한 사람을 위해서만 있는 것 같은.

빠져나간 모두는 어디로 가고 있지? 보이지 않을 만큼 하
얗고. 멀고. 손을 뻗어 만져보면 벌벌 떨고 있다.

소원

불이 꺼진다. 앞을 잃은 사람이 뒤를 안고 있다. 나는 피로연에서 갓 나왔다. 사람들은 가만히 걷는데 그들이 가는 장소가 푸슬푸슬 흩어지고 있다. 소리가 매달린 모피와 아무도 찾지 않는 가죽 외투.

여기서는 조금 보일까 해서 기다렸어. 맑지. 계속 숨을 참았거든. 그런 이야기를 듣는다. 나는 그쪽으로 간다. 투명한 건물이 문을 감추고 서 있다. 지금 보고 있다고 나는 어딘가를 향해 대답한다. 꿇어앉은 무릎 위에 손이 하나 잡힌다.

별을 보던 사람을 내가 보려고 했는데. 모두가 하늘에 있게 되었다. 빛무리가 구두 밑까지 번졌다. 나는 조금만 더 기다려달라고 말한다. 나는 숨을 죽인다. 사람들로 이루어진 원이 두리번거리고 있다.

문학동네시인선 100 기념 티저 시집 전영관

전영관 │ 2011년 『작가세계』를 통해 등단했다. 시집으로 『바람의 전
입신고』 『부르면 제일 먼저 돌아보는』이 있다.

퇴근

생활의 의문이란
바람에게 행선지를 묻는 일
연애도 안부도 없이 상스러운 거리에는
돌아보면 눈빛 깊어지는 사람들
하늘을 보지 않는 사람들

강이 먼 도시에 저녁이 오면 노을로 하루를 씻고
집에 돌아와 갓난쟁이의 맑은 이마에
순은의 별들이 피어나는 것을 보아라
생계의 고단함을
아내의 흐트러진 귀밑머리에서 찾아보아라

습관성 후회란
카메라 플래시가 터진 직후에 스치는 아쉬움
잔 욕심의 이복형제 같은 것들일 뿐이다
다친 손가락 같이
실수가 잦은 오늘을 견뎠으니 애썼다

능란한 바람도 모퉁이에 무릎 다치고
운다

길항(拮抗)

직장이 없었다면 나는 시를 쓰지 못했을 것이다. 망명지, 핑곗거리가 있어야 자기 검열이라는 칼끝 앞에 설 수 있었으니까 말이다. 직장 다니며 이 정도면 괜찮다 하면서 당장 죽어버리고 싶은 자괴감의 바윗덩이를 피할 수 있었다.

직장이 있었기에 나는 그나마 시를 쓸 수 있었다. 맹자께서 무항산 무항심(無恒産 無恒心)이라 했다. 경제적으로 안정되지 않아도 바른 마음을 가질 만큼 나는 고매한 선비까지는 못 되는 인간이다. 카드 결제일에 부대끼는 호모머니쿠스인 것이다.

시와 직장 중에 무엇이 내게 먼저 도착한 난치병일까. 완급을 잘 다스리고 지내야 한다. 그러나 무업(巫業)을 중단하면 병이 재발하는 것처럼 나는 발병과 치료를 반복하며 산다. 두서없이 뇌리를 선회하는 문장들을 외면하면서 전화를 받고 방문객과 차를 마신다. 컴퓨터에 직장용 엑셀과 메모용 흔글을 동시에 띄워놓고 근무한다.

나는 매일 시(詩)로부터 퇴근한다. 퇴근해야만 한다. 퇴근과 동시에 내게 주어진 남편, 아비, 아들이라는 소임에 근무해야 한다. 거부하지도 못하는 당연직이니 어쩔 것인가.
진정한 퇴근이란 거부가 아니라 자신으로부터의 퇴근이다.

문학동네시인선 100 **기념 티저** 시 집 **정채원**

정채원 │ 1996년 『문학사상』을 통해 등단했다. 시집으로 『나의 키로 건너는 강』 『슬픈 갈릴레이의 마을』 『일교차로 만든 집』이 있다.

파타 모르가나*

여름에는 내 피로 너를 만들었고
겨울에는 뼛가루로 너를 만들었다

아니,
여름에는 얼음으로 너를 만들었고
겨울에는 모래로, 모래바람으로 너를
만들었다, 되도록 빨리 지워지는 너를

길 잃은 사막에서 쓰러지기 직전 나타나는
신기루 속의 신기루
달려가 잡으면 가시풀 한줌으로 흩어지는
너를 알면서도
그런 줄 알기에 더 놓지 못했다

철창에 갇혀 온종일 커피 열매만 먹는 사향고양이는
오늘도 피똥 아니, 커피똥을 싼다
수도 없이 창자벽에 제 머리를 박으며
캄캄한 내장 속에서 발효된 내 편지는
차가운 혀를 사로잡을 만큼 중의적일까

하늘에 뜨는 태양과
바다에 뜨는 태양이 서로 마주보며
너, 가짜지?
얼굴을 붉히는 동안

한 걸음 다가가면 두 걸음 뒤로 물러나다
내장을 거칠 겨를도 없이
해가 지면 모든 게 지워지고
주름진 백지만 남게 되더라도

북극 얼음 바다 위에 떠 있는 마법의 성을 향해
구절양장을 건너가는 우리에게
거짓말이야, 거짓말이야
오늘은 얼음을 뚫고 뜨거운 커피가 솟구칠지도 모르지

* Fata Morgana : 마녀 모르간 또는 신기루라는 뜻.

겹겹의 불꽃

극지 탐험가 로버트 피어리는 1906년에 극지를 탐험하면서 북극 산맥을 목격했다고 보고했다. "망원경을 통해 보이는 그 광경에 나는 감동과 흥분을 느끼지 않을 수 없었다." 칠 년 뒤 자연사박물관의 탐험대가 크로커랜드를 찾아 나섰을 때, 그들은 피어리가 본 것과 똑같은 신기루만 보고 돌아왔다.

다양한 밀도의 대기층이 겹겹의 렌즈처럼 만들어내는 이미지들은 극지 탐험에 지친 우리들을 사로잡는다. 북극의 끝없는 얼음 위에 떠 있는 히말라야처럼 말이다. 우리가 다가가면 산맥은 자꾸 뒤로 물러나다가 해가 지면 끝없는 얼음 바다만 펼쳐지겠지. 마녀 모르간이 맘만 먹으면 펼쳐 보이는 세상에 속는 척 빠져보면 어떨까? 가짜가 진짜고 진짜가 가짜인 세상. 가짜인 줄 알면서도 모르는 것처럼 함께 낄낄대며 건너가는 유쾌한 세상. 끊임없이 출렁이는 파동으로 존재하다가 내가 휙 돌아볼 때만 입자로 존재하는 너처럼, 나처럼, 시(詩)처럼.

문학동네시인선 100 **기념 티저 시집 주민현**

주민현 │ 2017년 한국경제신문을 통해 등단했다.

터미널에 대한 생각

터미널은 눈이 없고 귀가 없고
하지만 터미널은 거대해

여길 떠나야지
떠나서 절대 돌아오지 말아야지
때로는 그런 마음으로 주먹을 쥐는, 그러나
곧 다시 되돌아오는 사람이 대부분일
터미널 한구석에서

한 여자는 목걸이와 귀걸이를 팔지
먹을 수도 없고, 녹슬어버릴 것을
남편은 수년 전에 세상을 떠났지
보험금으로 여기 한 칸을 마련한 거야

이게 진짜라는 듯이 여기가 전부라는 듯이
목걸이가 반짝거리고
인생이 아름답다고 믿을까 그렇다면 아름답지

춘천행 표를 끊을 때 춘천은 여기서부터 시작되지만
로마 여행이 꿈이랍니다 여기서 로마는 멀고

꿈을 꾼다는 건 끔찍한 일이란 듯이
눈을 번쩍 뜨며 낮잠에서 깬다

아까부터 말이 없는 노인은 몇 시간째
같은 자세로 앉아 있네
어제까지 오던 청년이 오늘은 찾아오지 않아
인생을 사는 자들은 인생에 대해 떠들지 않아
터미널에서 일하는 자들은 터미널을 떠나지 못하지

저 사람은 신이 분명해 아주 허름하게 입은 사람
양손 무겁게 짐을 든 사람도 있다

책을 만든다는 딸이 가끔 보내오는 책이
읽히지 않고 가게 한쪽에 쌓이네
좋은 로마의 휴일 서체가 새겨진
마젠타와 사이안이 적절한 농도로 휘감긴
몇 번 들어 귀에 박힌 말들의,
팔리지 않는 브로치들과 함께

여기서 로마는 갈 수 없지만

여자는 매일 터미널에 오고 목걸이를 판다
돌아오지 않을 것처럼 떠나는 사람들을 바라보며
그래도 가끔 마젠타, 꼭 미국 사람 이름처럼 중얼거려보지

만약이라는 나라에서

회사 근처에 터미널이 있다. 종종 점심시간에 밥을 먹고
난 뒤 그곳으로 산책을 갔다. 나의 소원은 사무실로 돌아가
지 않고 여기서 제일 멀리 떠나는 버스를 타는 것이었다.

글을 쓰는 것도, 책을 만드는 것도 지난하게 느껴질 때면,
은밀하게 상상하곤 했다. 새로운 곳에서, 새로운 사람들을
만나, 전혀 새로운 일을 하며 새로운 인생을 시작하는 것.

그러면 신기하게도 다시 글을 쓰고 싶어졌다. 다시 잘살
고 싶어졌다.

문학동네시인선 100 **기념 티저** 시집 **진수미**

진수미 │ 1997년 『문학동네』를 통해 등단했다. 시집으로 『달의 코르크 마개가 열릴 때까지』『밤의 분명한 사실들』이 있다.

이상한 제국의 이상한 앨리스

1.
저 건물은 파괴되어야 한다.
48년을 우뚝 서서
긴 그림자를 떨어뜨렸다.

저녁이면 사람들을 빨아들여
씻기고 재우고 먹였다.
아침이면
참을 수 없는 복통으로
인간의 형상들을 게워냈다.

건축물은 엄마로구나.
존재의 탯줄이며
은유이고
나보다 먼저 쓰러지는 가건물이로구나.

자가용으로
버스로
지하철로 흩어졌다
사람들은

익사자처럼 흐느적거리며 돌아왔다.

2.
긴 그림자는
밤의 택지 속으로 빨려들어가고,

형제자매여
우리들이 사라짐을 승인했다.
(그 무슨 권위로?)

이제 크레인이 하늘로 솟아오르고
도미노처럼
건물들이 넘어질 것이다.
흙벽이 무너지고 사람들이 깔려 죽는다.
기름얼룩을 지닌 종이처럼
콘크리트는
핏물의 기억을 간직할 것이다.

3.
우리는

피비린내 나는 아스팔트 위에서
개발의 먼지를 먹고
압축적으로 성장해갔다.
까끌거리는 모래 알갱이를 씹으며
체념을 배우고
어깨동무를 나누고
이마에 드리운 그늘을 훔쳐내었다.

이곳은
성장과 개발이 지배하는 나라
이웃이 살던 곳은
성장의 이름으로 개발되고
지어진 아파트는 재건축되어야 하며
재건축은 재재건축을 대비해야 한다.

파괴의 신이 공동체의 이름으로 낫을 휘두른다.
낡고 금간 것은 청산의 대상이므로
이곳엔
싱싱한 콘크리트 씨 뿌려지고
철근들 꼿꼿이 뿌리박으리라.

4.
인간들이 총회라는 것을
고안해낸다.
(그 누구의 권위로?)

태극기가 올라가고
국기에 대한 맹세와 애국가가 울려퍼진다.
잠시 술렁이다
자동인형처럼 인간들이 입술을 움직인다.
벙긋거린다.
이곳은 국가의 나라. 자본주의의 나라.
침묵하는 개인들의 나라.

국가는 표정이 없다. 읽을 수 없다.
그저 어깨만 바라볼 수 있다.
깡패처럼 솟아오른 근육들
누가 저들을 낳았지? 누가 이곳에 데려왔어?

당신이야? 당신이야? 울부짖어도

이곳은 국가자본주의의 땅
질문은 비수처럼 돌아와 우리의 혓바닥과
고막을 찢어버린다.

미래의 어느 아침
무너진 콘크리트 더미 사이로
비명을 토해내는 새가 날아오를 것이다.
썩은 토마토 같은 태양이 떠오를 것이다.

5.
아들들은 쓰러진 잔해에
어머니의 이름을 붙일 권리를 부여받는다.
.
.
.

6.
이것이
총회의 의결 사항이다.
조합은 국가의 권위가 필요하다.

지금
나는 막 서명을 했다.
어디선가 들려오는 속삭임
―누가 이 모든 걸 허락했지?

잠시 망설였다.
갈라진 혀를 감출 수 있을까
궁리하다
재빨리 답을 토해냈다.
―자본이지.

간결했다.
그건
항상 맘에 든다.

무제

이상한 나라에서 앨리스가 멀쩡한 정신으로 살 수 있을
까? 캐롤의 앨리스는 이상한 나라에서 빠져나왔지만 우리
의 현실은 그렇지 못하다. 평범한 국가에서 제국으로 더 견
고해지는 느낌이다.

얼마 전 내가 사는 곳의 길 건너편 아파트 단지가 재건축
을 마치고 입주를 시작했다. 몇 년 동안 그쪽으로 난 창문을
열 수 없었다. 커다란 차폐막으로 현장을 둘러쌌지만 커다
란 콘크리트가 무너질 때의 소음은 감출 수 없었다. 굉음이
들릴 때마다 저 어마어마한 건물 잔해, 쓰레기와 먼지들은
어디로 가는지 궁금했다. 일부는 나의 폐에, 혈관에. 아마도
일부는 그대의 폐와 혈관에.

이것은 남의 이야기만이 아니다. 나의 아파트도 곧 같은
운명에 처할 것이다. 잔해에 깔리는 상상 속에서 글을 썼
다. 나 역시 건물을 쓰러뜨리는 세력의 일부라는 생각 속
에서 썼다.

문학동네시인선 100 기념 티저 시집 채길우

채길우 | 2013년 『실천문학』을 통해 등단했다.

넥타이

매일이란 시나브로
스스로를 목 조르는 느린
자살에 불과하다는 걸 알아
끈 하나로 꽃다발을 포장하는
여러 가지 매듭법처럼
거울 앞에서
어릿광대의 마임
자신을 교수하기 위한 수화
그러나 불가능한 포박에서조차
탈출을 연기하는 마술사와도 같이
질식과 익살이 구별되지 않도록
목숨만큼 길고 가는 풍선을 분 뒤
연습한 손동작을 반복해
죄어 돌린 마디로 처세를 돌볼 때마다
낑낑대거나 삐걱거리는 강아지가 되기 위하여
한번 더 숨을 묶으며
조화처럼 시들지 않는 웃음을
힘껏 터뜨려보라.

매듭

질식은 황홀을 불러일으킨다. 뇌로 전달되는 산소가 순간적으로 부족해지면 몽롱한 잠과 같은 현기증을 동반한 부드러운 이탈에 도달할 수 있다. 살아가는 데 가장 절실한 것들이 부재하는 막다른 곳에서조차 절망하지 않기 위해 쾌락은 고통에 종속되도록 설계되었다. 도무지 삶의 기쁨을 포기할 수 없는 불가능한 여기로부터 스스로를 죄어가며 다시 일어서는 부푼 자루 속 공기 같은 미소를 지어보라. 일시의 행복에 목매여 자신을 끊임없이 결박하는 꿈의 아름다운 인상을, 일그러진 표정 안에 숨어 고독과 공포와 통증과 구별할 수 없이 탐닉과 비하와 만족의 거울에 비친 중독된 얼굴로, 좀처럼 풀리지 않을 포옹과 악수 위에 숨막힐 듯 현란한 서로의 주름과 손금을 겹쳐 형클어, 각자가 사랑이라 부르는 동그랗고 단단한 묶음 하나를 완성해보라.

문학동네시인선 100 **기념 티저** 시
집 **최예슬**

최예슬 │ 2011년『문학동네』를 통해 등단했다.

작별

뤼엔(乱) 거리의 파란 대문을 열고
늦은 밤으로 향한다

마침 연주를 마친 늙은 무희는
비파에 묻은 기억을 내어주었다

별
밤
뱀
불

나는 한 글자로 시작하는/끝나는 말들을
그녀에게 받아 차례로 불러모은다

아직은 슬픔으로 취한 거리가 낯설어

별은 봄
밤의 눈물
뱀의 눈동자
그리고 불, 슬픔에 보내는 반짝이는 탄식

작은 소녀들은 떨어지는 별을 주워
기쁨의 축제를 벌이고
꿈에서 기르던 강아지는
꿈에서 잃어버린 채

그러나 늙은 무희가 잠든 사이에
우리에 대한 기억은 무너져내리고
다시 기억을 더듬으며

별은 꽃
밤의 꽃
뱀의 꿈
그리고 꿈에서 반짝이는 작은 불빛

불빛에 묻은 초라한 기억으로

불편한 낭만주의
폐허에서 떠도는 낭설
슬픔에게 주는 영원한 언어

그러나 슬픔이 질주하는 곳을 알지 못한 채

뤼엔 거리의 파란 대문을 닫고
어둠을 바라보던 창문의 커튼을 닫는다

우리의 약속은 끝내 말해지지 않고
너에게 기약 없는 탄식을 보낸다

뒤늦게 열어본 서랍

사랑에 빠진 연인들은 호수 한가운데 섬을 만들었다
담쟁이는 굴뚝과 지붕을 뒤덮었고
이끼가 낀 굴뚝에서 겨울 안개가 피어오른다
기차는 제 시간에 떠나간 적이 없고
모든 출발과 도착은 불분명한 채로
우리는 기억의 낱장을 건너간다

문학동네시인선 100 **기념 티저** 시집 **최현우**

최현우 │ 2014년 조선일보 신춘문예를 통해 등단했다.

위대한 신비 인디언*

되돌아간다, 하네요

어린 노루와 어미 노루 사이에서
막다른 풀숲에서
밤의 일이었다
공포가 무릎을 꺾은 새끼는 두고
어미만 물어 끌고 왔다
식구들이 남긴 뼈를 바라보기만 하다가
한입도 먹지 않다가
동굴의 습기를 핥으며
몸을 달래는 늑대가 있었다

내가 아는 첫번째 이야기

잘 모르겠으니까
모르는 서러움인데

신체는 사람의 가장 정확한 부분
사라지는 걸까 투명해지는 걸까, 네가
아침마다 무게를 재며 울어서

체중계를 버렸다

삶이 다하면 영혼은 생명을 불어넣어준 처음에게로 가며
그다음에는 자유로워져서 모든 곳에 있게 되고 모든 자연물
들 속에 널리 존재하게 된다고

무슨 말 같지도 않은 소리야

불편한 믿음
그렇게 만들어지는 건
만질 수가 없는데
붙잡을 수 있었다

어느 날
또렷하게 보이는데
빈집이라는 걸 알았을 때

내가 아는 마지막 이야기

처음부터 지금까지 벽을 핥아서

모조리 반짝거리는 사방으로 형상을 숨긴
찢어지고 닳아버린 혀를 감춘
우울한 짐승이라면
용서할지도 모르겠어

매일 누군가
빛을 던져주고 돌아간다

반복된다
밤의 일이었다

* 인디언: 다코타족의 말.

가만히 웃거나 울면서

누구는 사라지기 위해, 누구는 사라지지 않기 위해 쓴다고 했다. 아름답자고, 추악해지자고, 자유와 자유의 실패 속에서 자란다고도, 죽는다고도, 아무것도 아니라고도. 인간의 안쪽으로, 바깥쪽으로, 한 손에는 모래 한줌, 한 손에는 온 우주를 쥐고 똑바로 걸어가는 거라고도 했다.

꽃을 샀다가 서둘러 탄 막차 속에서 망가져버렸다. 차마 버리지 못했다. 등뒤로 감추고 돌아왔는데 이런 예쁜 꽃다발을 어디서 가져왔냐고 환하게 웃는 사람이 있었다. 그 얼굴을 보면서 아주 오래도록, 가만히 있고 싶었다. 그러지 못했다.

어떤 균형으로만 위태롭게 서서 만나게 되는 무언가. 찰나에 마주서서 가만히 웃거나 우는, 어쩌면 그게 내가 하는 전부와 하고 싶은 전부가 아닐까, 절반은 알고 절반은 모른다. 다만 아주 가끔씩만, 나는 희망도 절망도 아닐 수 있었다. 그때서야 간신히 숨을 쉴 수 있었다.

문학동네시인선 100 **기념 티저** 시
집 **한영옥**

한영옥 | 1973년『현대시학』을 통해 등단했다. 시집으로『비천한 빠름이여』『아늑한 얼굴』『다시 하얗게』등이 있다. 최계락문학상, 천상병 시상, 한국시인협회상 등을 수상했다.

측은하고, 반갑고

딸 많은 우리 어머니
이 딸에겐 저 딸 얘기
저 딸에겐 이 딸 얘기
점잖으신 우리 어머니도 그러시던걸
이 사람에게 저 사람 흘리고
저 사람에게 이 사람 흘리고
사람이 모질어서 그런 것 아니라네
말이라는 게 원래 정처가 없다네
오래전 고향을 잃었다는 낭패감에
외롭고 허전해서 불쑥불쑥 앞질러
여기 기웃 저기 기웃 하는 것이네
모르는 새 앞지른 말 놓쳐버리고
울상 지으며 안절부절하는 이여
괜찮네 본심이 아니라는 거 알고 있네
우리의 말, 늦가을에 다시 피어나는
봄꽃처럼 얇아서 늘 조마조마하던걸
본심은 그게 아니었다는 안타까운 주름
그걸로 충분하네 이해가 오고 있네
측은하고 반갑고 또 많이 고맙네.

괜찮네, 고맙네

늦가을 산책중에 더러 만나게 되던 해사하고 얇은 꽃송이들 보고 싶어 밖으로 나와본다. 여전히 그 꽃송이들이 있었다. 반갑기도 하여라. 시야에는 하얀 망초꽃, 연노랑의 씀바귀꽃이 주종을 이루고 있다. 늦가을 들어 또 한번 고개를 들긴 했으나 의기소침이 역력하다. 화창한 봄날 무성하게 개화하여 강단 있게 흔들리던 것들, 측은하기도 하여라.

곧 닥쳐올 무서리의 아침을, 무자비한 기습을 조마조마 내다보는 꽃송이들에게 '내 앞에 와주어 고맙다'고 중얼거리고 있는 스스로의 저의를 살핀다. 아무래도 뜨겁게 '고맙다'는 말을 누군가에게 해보고 싶었던 것이리라. 본심이 아니었다고, 말이 잘못 나왔다고 그 누군가 진심을 시원하게 털어봐주기를 바라고 있었던 것이리라. '고맙다'는 말을 앞질러 준비해놓고서.

문학동네시인선 100 **기념 티저 시집 홍일표**

홍일표 │ 1992년 경향신문 신춘문예를 통해 등단했다. 시집으로 『살바도르 달리풍의 낮달』 『매혹의 지도』 『밀서』가 있다.

원반던지기 선수의 고독

너는 하나 남은 태양을 쥐고 있다
차고 딱딱한
어느 날의 이별 같은 것
단 한 번의 사랑 같은 것

해 지는 저녁에도 너는 너를 던져서
사라진 방향을 읽는다
내가 어디 갔지?
잠시 어리둥절한 사이
몸에서 빠져나간 몸은 눈보라로 산화한다
고백하자
우리는 언제나 이곳이 아니었다고
우리는 단지 구름의 높이로 부풀어 꽃피는 심장이었다고

입이 없는 노래처럼
너에게 날아가는 돌멩이는 불붙지 않는다
심장을 조여 매고
겨울로부터 가장 멀리 떨어진 크고 둥근 태양을 강행한다
몸밖으로 던진 슬픔이
다시 돌아와 발등을 짓찧는 날

반쯤 기울어 빈 수숫대로 서 있는 저녁
흙투성이 태양을 방패처럼 잡고 혼자 어스름을 견딘 몸
이 말한다

길 끝에 서서
밤새 누군가를 기다리는 사람이 있을 거라고
그의 눈가에 죽은 이의 이름들이 오래 붐비고 있을 거라고

장소 밖의 장소

우편함 앞에 반송된 우편물이 쌓여 있다. 어딘가에 갔다가 되돌아온, 도착지를 찾지 못한 불우한 목숨들이다. 1650원의 우편료를 내고 재발송하는 경우도 있으나 대부분 주소 불명으로 정리된다. 내 마음이, 내 열정이 반송된 시절도 있었다. 누구나 그런 쓸쓸한 기억이 있겠지만 다만 지금, 자기 연민의 누추함. 그런 걸 조금 생각하다가 냉장고 속 음료를 마신다. 청량하다. 연민에는 그런 맑은 기운이 없다. 연민의 정서에는 쉽게 해독되지 않는 독소가 있다. 먼 하늘의 모시올 같은 휘파람 소리 엿듣는 듯 창밖 마른 나뭇가지에 새파란 귀때기 하나 걸려 있다. 사무실에서 나와 걷는다. 어딘가를 가는데 만날 사람이 없다. 그냥 걷는다. 검은 피가 맑아지고 꽃이 시작되는 장소 밖의 장소이다.

문학동네시인선 100 기념 티저 시집 홍지호

홍지호 | 2015년 『문학동네』를 통해 등단했다.

동화

셔터를 누르면 빨려들어갈 거야 사진 속으로. 경험하게 되는 거지 카메라 앞에 섰을 때 둘러싸여 있던 세계의 리듬을. 너를 찍고 있는 사람이 셔터를 누르면 돌아올 거야. 누구의 사진이라도 상관없어. 특별할 건 없고 그냥 리듬을 느끼는 거야. 사진 속에 있는 사람을 둘러싼 세계의.

나는 당신의 어린 시절 사진을 들고 갔습니다 당신을 닮은 아이의 사진을. 가지런하게 손과 발을 모으고 카메라를 응시하는. 너무 의젓해 보여서 웃다가 울게 하는 사진을. 마비된 초인종처럼

셔터를 누르자 눈이 내리는 겨울의 해변
멀리서 개들이 뛰어놀고 연인들은 서로의 이름을 눈이 쌓인 백사장에 쓰고 있고
그들의 발자국과 이름을 눈이 다시 메우고

종소리가 들립니다
강아지를 좋아하는 당신은 그러나 카메라의 렌즈를 응시해야 했군요
손과 발을 모아야 했군요

손이 시려웠겠습니다 발이 시려웠겠습니다
눈이 머리 위에 조금씩 쌓이는군요

청년들이 폭죽놀이를 하고 있습니다
당신은 잠깐 불빛에 시선을 두지만

여기를 봐야지

누군가 셔터를 누릅니다

끝나면 안 되는 문장

슬프지만 아무리 생각해도 시는 시입니다
시는 다만 시에 도달해야만 시가 될 수 있었던 것 동시에
시에서 멈춰야만 시가 될 수 있었던 것

슬프게도 나는 나입니다 당신은 당신입니다

앞의 문장들을 쓰고 마침표를 모두 지워보았습니다 그러
고는 마침표를 '그러나'로 다시 찍을 수 밖에 없었습니다

시는 시입니다 그러나
나는 나이고 당신은 당신입니다
그러나

아무리 생각해도

문학동네시인선 100 기념 티저 시집 황규관

황규관 | 1993년 전태일문학상을 수상하며 등단했다. 시집으로 『패배는 나의 힘』 『태풍을 기다리는 시간』 『정오가 온다』 등이 있다.

불에 대하여

소비에트 사회주의가 무너지자 모두 품고 있던 불을 버
렸다
체르노빌이 터졌을 때도 굳건했던 불이 꺼진 것이다
하지만 이십 년 뒤, 지진해일로 화로가 깨진 후쿠시마의
불은
여전히 맹렬히 타오르고 있다
아궁이에서 빼앗은 불은 돈이 되기 때문이다
돈이 안 되는 불은 마른나무를 태워 새벽녘 꿈을 만들지만
돈이 되는 불은 성성한 이파리와 바닷물을 태운다
(오, 지독한 프로메테우스의 교도들!)
흙에서 물이 점점 빠져나가면서
우리의 폐에는 나뭇잎이 뱉어낸 숨결 대신
불로 가득차고 말았다
장난감도, 놀이터의 시소도, 안경테도, 볼펜도
자동차도 모두 불이 구워 만든 것
그래서 우리의 음탕한 웃음은 멈추질 않는다
미래는 어차피 좌판이니까
사랑은 알고리즘이 만든 환영이니까
소비에트 사회주의가 무너지자 아궁이는 꺼졌는데
밤거리의 조도는 백오십 배가량 비대해졌다

불이 혁명이라면, 혁명은
봄비에 풀밭에서 기어나온 맹꽁이를 지워버리는 것일까
뱀의 곡선은 기하학이 되어야 하는 것일까
오목눈이의 눈동자, 거미줄에 간신히 매달린 빗방울, 가
물가물한
어머니의 바늘귀, 콩고강의 머나먼 끝자락……
이 모든 것이 하나둘 사라져가고 있다

우리를 옹기종기 모여 앉게 만든 불은 꺼지고
저마다 한 움큼의 불을 찾아 뿔뿔이 떠나고 있다

아주 자그마한 불

어릴 적 일당 천원짜리 밭일을 나가신 어머니를 대신해 아궁이에 불을 땔 때 밥을 한 적이 많았다. 내가 살던 지방은 왕겨를 맵재라고 불렀는데, 그 맵재를 한 움큼씩 던져 넣으며 풍로를 돌려 불을 땔 때다 밥물이 넘치면 솥뚜껑을 조금 열고 불을 줄여 뜸을 들였다. 겨울철에는 여물을 쑤었는데 마른나무를 땠다. 김이 무럭무럭 나는 여물에 사료를 조금 섞어 소에게 먹였다. 잘게 썬 짚과 여러 가지 건초를 섞은 따뜻한 여물을 소는 아주 좋아했다. 그리고 남은 불에 고구마나 감자를 묻었다. 불은 그렇게 조금씩 필요한 법인데 지금 우리는 불을 낭비하고 있다. 문제는 그 불은 누군가의 삶을 짓밟고 나서 만들어졌다는 것이다. 우리는 이 명백한 사실에 무지하거나 모른 척하며 살고 있다. 단지 한 움큼의 불을 더 갖고 싶어서.

문학동네시인선 100 기념 티저 시집 황유원

황유원 │ 2013년 『문학동네』를 통해 등단했다. 시집으로 『세상의 모든 최대화』가 있다. 김수영문학상을 수상했다.

초자연적 3D 프린팅

좀더 큰 집이 필요하다 그 안에 온 우주를 가둘 수 있는,

그러나 우주도 결국 하나의 집이다
집 우(宇) 집 주(宙), 넓을 홍(洪) 거칠 황(荒)…… 평수
가 좀더 될 뿐

우리가 또 여기서 어디로 갈 수 있겠어? 가도 가도 여기
이곳뿐인데

그래도 지금보다는 훨씬 큰 집이 필요하다
그건 크기만의 문제는 아니어서 한순간의 진동일 수도 있
고 물에서 빠져나와 들이쉬는 단 한 번의 숨일 수도 있지만

여하튼 그 안에 모든 발광과 기쁨과 통곡과 신경쇠약을
가둘 수 있는
눈물과 눈물 없인 못 들어줄 그 모든 노래를 넘나들 수 있
고 여기서 저—기로
저—기서 여기로 마음껏 건너뛰며 놀 수 있는, 장대높이
뛰기 선수가 필요하다

장대높이뛰기 선수의 흉곽 안에서 마음껏 뛰놀 수 있는
풍선처럼 터지지 않는 심장이 필요하고
그 안에 모든 핏물과 파도치는 피바다를 견뎌낼 수 있을
장대하고 긴 핏줄과
충만한 힘이 마음놓고 뻗어나갈 수 있을 드넓은 아량과
이해와 그 모든 넘쳐나는 것들의 온갖 표면장력을 잡아 가
둘 수 있을 단
한 채의 집이

손에 집히는 걸 모두 집어던지는 대신
눈에 보이는 걸 모두 자판으로 두들겨 화면 속에 때려박
아버렸는데
세상에, 글자들이 담긴 여백이, 그 글자들보다 더
그럴듯해 보이는 거 있지!

아무래도 좀더 큰 집이 필요하다
네 모든 무지와 나태와 방종을 가둘 수 있는, 그것들 모두
를 가둬 굶겨 죽일 수 있는

아무래도 하나의 극단적인 선택이 필요하다

—

—   *   *   *

초자연적인 밤—
나는 늘 뭘 잘 모르고
뭘 잘 모르는 내가 그것에 대해 품는 생각은 늘
실제의 그것을 초과한다

초자연의 밤— 초자연적 밤바다
누구도 온전히 수용할 순 없어
인간 주제에
그래봤자 겨우 쾌와 불쾌 사이를 요리조리 왔다갔다할 뿐
인 주제에!

　자, 여기 칼이 많이 잠들어 있다 어느 칼을 깨워 베어줄
까?
　잠든 칼은 깨우기만 해도 춤이다 깨어난 칼이 가만히 앉아
있기만 해도 춤이 두 눈 번득인다 물에 칼자국 난다!

　칼로 물 베기의 예술을, 이번엔 누구에게 보여줄까
　칼처럼 고요히 누워 있는 물을 누구에게 먹여줄까? 누구

—

목에 부어줄까?

  칼춤 추는 무당아, 하늘에서 보면 너는 붕붕거리는 한 마
리 무당벌레로밖엔 안 보이는구나
  아무리 날아봐야 출발지와 도착지가 거기서 거기인 작은
버러지 한 마리로밖에는 생각되지 않는구나
  뭐 눈엔 뭐밖에 안 보인다곤 하지만

  그러나 네 손가락 위를 기어가던 무당벌레는
  손가락이 끝나면 그 끝에서 양
  날개를 펼치곤

붕

날아가버리고

뒤에 남겨진 손가락은 날아가는 무당벌레를 한동안 멍
하니 바라만 보다 다시 제정신으로 돌아와
뒤늦게 자판이나 두들긴다

춤으로 바다를 다 건너낼 수 있다고 해놓고선
바닷속으로 풍덩
물속에 들어가는 칼처럼
깨끗하게 입수하는 춤들

오늘은 유난히 밤이 길다
바다 끝까지 가라앉는 데 걸리는 시간과 노력처럼
축 늘어진 팔다리처럼
나는 그 팔다리를 다 주물러주고 싶었으나

누구는 그 팔다리를 몽땅 다 잘라주고 싶었을 것이다
더이상 흔들리며 걸어다니지 않아도 되도록
물처럼 바람에 출렁이지 않도록
다 잘린 너를 식물처럼 땅에 심어주고 싶었을 것이다

흐드러지게 붉은 꽃 필 것인가
바다 위에 점점이 흩어진 산다화 같을 것인가
인간 주제에
그래봤자 겨우 눈에서 딱정벌레가 왔다갔다할 뿐인 주제
에!

무당들이 시퍼런 칼을 먹고 밤새도록 긴 물 뿜어내는 밤
지평선에 가까워져 바닥에 펼쳐지는 몸뚱아리처럼
오늘은 길어지는 밤이 끝도 없고

너는 정말이지 환하게 미쳐 있다
아주 멀리서도 다 보일 만큼

* * *

가까스로 화장실로 몸을 던져 지퍼를 여는 데 간신히 성
공한 나는
놀란다! 아직도 내 몸안에 이렇게나 많은 따뜻한 것들 숨
어 있었다니
술이 확 깬다, 알 수 없는 힘 솟구친다!
그러고는 미소지은 채 그 자리에서 그대로 고꾸라지고

하늘이 땅에 물을 주면 땅은 그걸 또 좋다고 다 받아 마
신다
술 처먹고 노상 방뇨하는 아저씨들의 물조차도 땅은 다

받아 마셔

만취 상태에 드니 대지가 울렁울렁
대지도 토하고 싶은 거겠지 대기도 흔들린다
때로는 대기도 확 다 토해내고 싶은 거겠지

술에 꼴아 더이상 차도와 인도를 구분하지 못하는 분이
시여
차도를 인도처럼 걸어다니며 온갖 차들로 하여금 너님을
비켜가게 하는 분이시여!

다 토해내고 난 후의 밤이 좋다
"세상은 다리니 그 위에 집을 짓지 말라" 따위의 문장들
을 강물 위에 잔뜩 띄워놓고는 그곳을 홀연히 뜨자마자 하
나둘 강물 속으로
뛰어들기 시작하는 단어들이 한없이 사랑스럽기만 한 밤

우울함이 다리 위에서 다리 아래를 바라보는 나를 보고는
못 본 체 그냥 지나가준다
모든 것은 지나가

이번만은 나도 널 그냥 지나가주지

수십 번 돌려봐도 내 것이 되지 않던 필름처럼 삶이 내 것
이 되지 않을 때
그날 봤던 강변의 대관람차를 떠올리며 생각한다, 아무렴
삶이 내 것은 아니지
돌고 도는 삶 위에 올라타 돌고 돌고 돌다 미처 내릴 생
각을 못하고
그 아래 펼쳐지는 야경에 탄성이나 내뱉다, 말한다

그러니까 그건, 네 것도 아니다

갈 데까지 갔다, 라는 말이 있던데 갈 데는 무궁하고
겨우 제자리를 돌고 돈 주제에 갈 데까지 갔다, 라고 생각
하는 바보 멍청이들이여
삶을 좀 우습게 봐줄 줄 알아야 삶도 널 우습게 보지 않
지 않겠어?

별짓 다해봐야 한갓 인간에서 벗어날 수 없다

　과도한 오류와 확대 해석을 통해서만 간신히 신성(神性)
에 도달하는 오늘은 정말이지 더 큰
　사랑이 필요하다 도저히 감당할 수 없는, 감당하다 내가
죽을, 죽어도 여한 없을 사랑이……
　(그럼 신성으로서도 영광이겠지)
　나 대신 여기서 더 멋지게 마지막을 장식해줄
　지구 최고의 다이빙 선수가 필요하다!

　……어머 나 좀 취했나봐,

　(오죽하면 네가 그럴까)

　그날따라 우린 세상에서 우리가 못할 건 없을 것만 같았고

　차라리 모든 걸 잃고 싶다 모든 걸 잃고 나면 사람은 바뀌
기 싫어도 바뀌고
　정신이 송두리째 뿌리 뽑혀 생각지도 못한 생각에도 이
르게 되고

　인생을 포기하자 갑자기 멋있어진 한 인간에게 어느 날

너는
　한눈에 반하고

　그런 밤이면 좀 지나치다 싶을 만큼의 여백이 필요하다
　글자를 읽다 잠시 여백으로 새어나가 마냥 걷다보면 누구
도 방해하는 이 없어, 정말이지 이건
　해도 해도 너무한다 싶을 만큼의 고요 속에서
　끝도 없이 홀로 거닐다 마침내 조용히
　마음의 결정을 내릴 수 있게

　네가 내 혈관 속에 흐를 수 있게 해줄게
　내가 네 혈관 속에 흐를 수 있게 해줄래?

　(오죽하면 내가 이럴까)

　그런다고 죽는 일은 없겠지만
　목숨을 다해서, 라는 기분으로
　그래봤자 우리가 어제의 인간에서 한 치라도 벗어날 가능
성 따윈, 아무래도 없다고 봐야겠지만
　마침내 난 내 모든 걸 다 바쳤다! 라는 기분이 들 때쯤

원하든 원치 않든 다시 잔뜩 들어찬 글자들로 붐비는 아침은 올 것이고

너는 이윽고 제정신으로 돌아오고 말겠지만 그건 그때 가서 생각하고, 어쨌거나 오늘은

너의 엄청난 힘이 내 위에서 쓰러지는 게 나는 좋다

시인의 말

존재는 소음으로 가득하다. 따라서 내 앞에는 두 가지 시
의 길이 주어져 있다: 존재의 소음을 최대한 증폭시켜보는
길과 존재의 소음을 최대한 잠재워보는 길. 나는 이 두 길
모두를 가보기로 한다.

문학동네시인선 100
너의 아름다움이 온통 글이 될까봐
ⓒ 황유원 외 2017

1판 1쇄 2017년 12월 12일
1판 22쇄 2023년 10월 12일

지은이 | 황유원 외
책임편집 | 김봉곤
편집 | 김민정 도한나
디자인 | 수류산방(樹流山房) 본문 디자인 | 유현아
저작권 | 박지영 형소진 최은진 서연주 오서영
마케팅 | 정민호 서지화 한민아 이민경 안남영 왕지경 황승현 김혜원 김하연
브랜딩 | 함유지 함근아 박민재 김희숙 고보미 정승민 배진성
제작 | 강신은 김동욱 이순호
제작처 | 영신사

펴낸곳 | (주)문학동네
펴낸이 | 김소영
출판등록 | 1993년 10월 22일 제2003-000045호
주소 | 10881 경기도 파주시 회동길 210
전자우편 | editor@munhak.com
대표전화 | 031) 955-8888 팩스 | 031) 955-8855
문의전화 | 031) 955-3576(마케팅), 031) 955-2678(편집)
문학동네카페 | http://cafe.naver.com/mhdn
인스타그램 | @munhakdongne 트위터 | @munhakdongne
북클럽문학동네 | http://bookclubmunhak.com

ISBN 978-89-546-4922-3 03810

잘못된 책은 구입하신 서점에서 교환해드립니다.
기타 교환 문의: 031) 955-2661, 3580

www.munhak.com

문학동네